Daisy de Vasselot

Ils sont huit

Roman

Éditions Persée

Du même auteur

Ils étaient sept,
2016, Éditions Persée

Ce livre est une œuvre de fiction. Les noms, les personnages et les événements sont le fruit de l'imagination de l'auteur et toute ressemblance avec des personnes vivantes ou ayant existé serait pure coïncidence.

Consultez notre site internet

Pour tout contact:
Éditions Persée – 38 Parc du Golf – 13 856 Aix-en-Provence
www.editions-persee.fr

« Merci à tous
les habitants de mon cœur »

PRÉFACE

Le chiffre 8 exprime une fluidité continue entre deux boucles tout en rondeur. Couché ∞, il devient le symbole de l'infini. Circuit sans déperdition d'énergie, il incite à se fondre dans ce tracé ininterrompu en accueillant le croisement de la pause pour mieux se laisser aller en toute confiance du début à la fin et connaître la fin quand on rejoint le début. C'est le cycle continu du rythme de la vie qui désigne l'alternance des périodes sombres et des périodes lumineuses, entrecoupées par les croisements de la pause évoquée tout au long de ce récit. C'est un parcours tout en harmonie, si on a la sagesse de respecter ce rythme.

En numérologie, ce nombre caractérise le défi d'atteindre un haut degré de détachement afin d'utiliser son potentiel au bénéfice de l'humanité.

Pour les chrétiens, le symbole 8 représente le renouveau, le baptême. Dans de nombreuses églises les baptistères sont octogonaux.

Je vous invite à suivre tout au long de ce récit la renaissance des 8 personnages que vous avez appris à connaître dans *Ils étaient sept*.

RÉSUMÉ DE *ILS ÉTAIENT SEPT*

Dans le premier tome, les condamnés à mort attendent « leur heure ». Un homme étrange, Gabri, vient à leur rencontre et leur fait une surprenante proposition : reculer le moment de leur exécution afin de se réapproprier leur projet de vie nié par leur parcours de criminel, puis récupérer leurs richesses et revenir à ce qu'ils étaient à la source dans le but de comprendre leur identité.

D'abord réfractaires, ils prennent tous conscience qu'ils n'ont plus rien à perdre et tentent l'expérience. Graduellement, ils se laissent gagner par ce projet surprenant et explorent l'univers tortueux de leurs parcours, façon constructive de s'évader de la réalité de leur prison. Gabri les guide dans leur cheminement sans les juger. Une caméra « pas cachée » permet aux médias de suivre leur évolution à travers une chaîne dédiée à ce projet.

Tout au long du récit, chaque condamné passe de l'enfermement du désespoir à la liberté de la création puisée au plus profond de leur être.

Gabri : Le **responsable de ce projet** hors du commun. Il propose à chacun des prisonniers la clé de l'espace qui leur permettra de réaliser leur rêve.

Les prisonniers

Geb : colosse d'une cinquantaine d'années lourdaud, ignorant, cupide est condamné pour de nombreux homicides commis dans le seul but de s'enrichir. Il prend la clé rouge et redécouvrira l'importance de ses **racines.**

Jemaya : entêtée, dure, provocante, a exécuté, sans état d'âme, ses clients qui lui ont volé son corps. Elle choisit la clé orange et apprend à libérer ses émotions par la **maîtrise du souffle.**

Myke : timide, amorphe, paresseux, a tué, sans réfléchir, uniquement sur l'ordre de son chef. Il choisit la clé jaune et découvre le **pouvoir de la volonté** pour retrouver les ailes de l'action en construisant un avion.

Cristya : égoïste, arrogante, jalouse, a empoisonné toute personne susceptible de la surpasser. Elle préfère la clé verte et met en valeur sa sensibilité retrouvée au service de la **guérison par les plantes.**

Nabu : soupçonneux, cynique, manichéen, a exécuté ces sales bourgeois qui empêchaient les travailleurs honnêtes de vivre décemment. Il choisit la clé bleue et reconnaît sa mission de **communication** héritée de son père.

Tara : calculatrice, exaltée, opportuniste, a « suicidé » ses adeptes pour récupérer leurs biens. Elle s'approprie la clé indigo et accueille sa **créativité** pour exprimer un renouveau possible.

Alma-Kala : renfermé, solitaire, fanatique, a exterminé le plus possible de « mécréants ». Il saisit la clé transparente qui devient lumineuse dans la lumière et assume, autrement, **sa spiritualité** en retrouvant le langage de la musique.

« COMBIEN DE TEMPS NOUS RESTE-T-IL ? »

Les condamnés à mort étaient tous là, immobiles devant lui. Gabri, troublé, apprivoisa son émotion avant de répondre à cette question, dont la réponse le mettait profondément mal à l'aise.

— Vous aurez tout le temps que requièrent les médias. Votre cheminement les passionne tellement qu'ils insistent auprès des autorités afin d'obtenir le report de votre exécution.

Ce dernier mot tomba comme un couperet au milieu d'eux. D'un coup, le sol était redevenu leur unique horizon. Cette formidable aventure les avait éloignés de la réalité de leur mort imminente. Un froid glacial parcourut la salle.

— Vous nous déclarez, avec une aisance étonnante, que tant qu'on « amuse » le peuple, il réclame de prolonger notre vie ! C'est carrément choquant ! réagit Crystia.

— Cela me rappelle, intervint Nabu, qu'il y avait une loi dans un certain pays qui exigeait que tant que le condamné à mort parlait, les bourreaux devaient attendre avant de l'exécuter. Il y en a un qui a tenu très longtemps en racontant, lors de chaque tentative d'exécution, une partie de sa vie.

— Eh bien moi, coupa Geb, s'ils veulent que je fasse le guignol longtemps, vous pourrez compter sur moi !

— Je crois, ajouta Tara, qu'il serait permis de penser que de nombreuses personnes soient réellement intéressées par notre parcours car elles retrouvent une partie de leur vécu dans l'évolution et la transformation de chacun de nous. Peut-être espèrent-elles aussi trouver des réponses à leurs propres angoisses. C'est, sans doute, pour cette raison qu'elles désirent maintenir ce programme afin de découvrir de nouveaux aspects et de nouveaux possibles à leurs histoires personnelles.

— J'aimerais te croire, admit Crystia, mais je crains que tu ne sois trop idéaliste et que tu prennes tes rêves pour des réalités.

— C'est exactement ce que nous faisons ici depuis le début et je trouve que cela n'a pas trop mal réussi, observa Nabu en s'approchant de Tara pour lui témoigner son soutien.

Jemaya éclata en sanglots, ce qui arrêta net la discussion du groupe.

— Toute cette attente de notre exécution est insupportable. Il vaudrait mieux être exécuté ; maintenant. Je me souviens d'une prostituée qui me disait, pour m'encourager dans mes débuts, que l'attente d'un événement douloureux est souvent pire que l'événement lui-même.

Myke posa timidement une main sur son épaule :

— Attends… on se connaît à peine, tu n'as pas envie que l'on puisse partager ce que nous avons créé ?

— Je te rappelle, renchérit Geb, que nous avions proposé de partager nos projets : un échange « Portes ouvertes ». À mon avis, cela va « tenir » les médias un bon bout de temps !

Gabri sentait, avec un pincement au cœur, qu'à mesure que le groupe se soudait, il avait de moins en moins besoin de lui. Le guide était fier mais l'homme ne pouvait s'empêcher de penser que s'effacer était toujours pénible même s'il l'espérait depuis longtemps. Il estimait s'y être accoutumé par les expériences précédentes. Immanquablement, il revivait l'histoire de sa chenille. Petit garçon, il l'avait adoptée et nommée « Piccino ». À force de l'observer, il avait appris à l'aimer et la considérait : Sa créature. Un matin, tel un projecteur de théâtre, un rayon de soleil s'infiltra dans sa chambre pour mettre en lumière le spectacle de la métamorphose de « Piccino ». Émerveillé, il avait assisté à l'éclatement de sa carapace et avait observé, le souffle coupé, des voiles de papier vélin chiffonnés et bruns qui s'étaient déployés, tels des origamis, en deux ailes multicolores. Fier, il exultait et considérait que c'était grâce à ses soins et à son soutien moral que sa chenille s'était transformée en papillon. Il l'avait tellement choyée de son regard, qu'il était, sans aucun doute, le seul artisan de sa transformation. Sa mère, en ouvrant la fenêtre, avait disserté sur la magie de la nature. Il se sentait frustré, abandonné par sa créature ingrate et considéra sa mère injuste de laisser Son papillon « voler de ses propres ailes ». Bien plus tard, il réalisa que sa mère l'avait regardé intensément en murmurant de sa voix fluette : « Tu vois, il a besoin de deux ailes pour voler et comme si elle se parlait à elle-même, elle avait ajouté, pensive, deux L : **L**iberté et **L**imite. Gabri avait retrouvé cette pensée soulignée deux fois dans un de ses cahiers intimes. Elle avait approfondi cette considération en écrivant que les Limites protégeaient la Liberté.

Gabri se ressaisit, secoué par la voix tonitruante de Geb qui invitait le groupe, séance tenante, dans son jardin. Les prisonniers se regardèrent, perplexes : s'agissait-il d'un jardin symbolique ou d'un jardin authentique ? Gabri les avait tellement influencés avec toutes ses histoires de rêves, d'images et de métaphores qu'ils avaient appris, presque malgré eux, à penser différemment.

LA PORTE ROUGE

Les détenus restèrent abasourdis lorsqu'ils pénétrèrent dans un vrai jardin. Le premier moment de stupeur passé, chacun s'installa dans son univers.

Myke monta directement en haut de l'échelle. Geb, ravi, commenta :

— Bravo, en prenant de la hauteur, tu peux découvrir tout l'ensemble et apercevoir le tracé du jardin : c'est un soleil. Si tu savais comme j'en suis fier ! Myke sourit et s'assit sur le dernier échelon, il s'y sentait à sa place. Tel un arbitre de cours de tennis, il avait une vue imprenable sur l'ensemble et balayait d'un regard panoramique ses compagnons.

— J'aime le tracé de ton potager, observa Tara. Tu as mélangé toutes les plantes : c'est volontaire ?

— Oui, je me suis souvenu que mon papy précisait que certaines plantes se protégeaient et s'enrichissaient mutuellement et que d'autres, par contre, devaient rester à une certaine distance car elles ne se supportaient pas. Si mes souvenirs sont exacts, il ne plantait jamais les concombres près des courgettes. Va savoir pourquoi !

— Peut-être rampent-elles toutes les deux au ras du sol et se gênent en embrouillant leurs ramifications, envisagea Crystia.

— Alors l'adage « qui se ressemble s'assemble » est faux? s'étonna Alma-Kala.

— Oui et non, intervint Gabri, ambigu.

— C'est oui ou c'est non, il faudrait savoir! s'interposa Jemaya.

— Tu sais, tout n'est pas si simple, c'est la raison pour laquelle j'aime souvent dire « oui mais » je laisse une porte ouverte à des nuances et « non mais » j'ouvre des portes aux doutes, continua Gabri.

— Qu'est-ce que tu veux dire avec ce charabia? s'impatienta Geb.

— Je veux dire qu'il n'y a pas de vérité absolue. Reprenons le dicton: les personnes qui se ressemblent s'assemblent « oui mais » s'il n'y a pas de différences et donc d'enrichissements mutuels, la relation manque d'innovation et se lasse. Il est avéré que quand il y a trop de ressemblances, une compétition s'installe imperceptiblement et l'un des deux individus tend à détruire l'autre afin de pouvoir être unique. Par contre, il est également vrai que les gens qui se ressemblent s'assemblent car ayant le même langage, les mêmes habitudes et les mêmes idées, ils se sentent plus en sécurité.

— Dans le papier de demain, je compte vous raconter l'histoire d'un grand compositeur, Johann Strauss, qui répudia son fils aîné du même nom et du même talent pour l'empêcher de lui faire de l'ombre. Ils se ressemblaient trop et le père a préféré écarter son fils plutôt que de mettre en valeur leurs richesses communes, intervint Nabu griffonnant à la hâte sur son bloc-notes quelques mots bizarres que lui seul pouvait décrypter.

— C'est incroyable ce que tu dis! Existe-t-il un tel besoin de se singulariser? interrogea Jemaya.

— Mon père disait, soupira Crystia, que c'était la caractéristique des jeunes en quête d'identité et il me montrait fréquemment des photos de presse d'adolescents avec des coiffures incroyables, des piercings et autres fantaisies pour sortir de l'anonymat. Bien sûr, je suis restée fidèle à « l'uniforme » de mon milieu et ai renoncé, au nom de la bienséance, à la tentation d'exprimer ma singularité.

— Moi, opina Geb, j'avais un petit gars d'origine étrangère dans ma classe qui s'était muré dans le silence, terré dans un coin, tant il avait honte d'être différent. Quelques années plus tard, je l'ai à peine reconnu : habillé selon la coutume de son pays, il brandissait, fièrement, cette particularité comme un étendard, jusqu'à en devenir provocant.

— À mon avis, il avait raison. Assumer sa singularité, sans détruire l'autre, est un atout pour la communauté car elle lui permet d'élargir ses horizons, intervint Tara.

— Je pense, fit Nabu, que les différences nous permettent de rassembler plus de morceaux de « la boule de vérité » et il ajouta, en regardant l'air perdu de Myke, vous retrouverez l'article sur la boule de cristal de la Vérité dans un de mes premiers journaux.

— Alors, ce n'est pas une coïncidence si, ici, nous sommes si différents les uns des autres ? interrogea Crystia.

Le sourire impénétrable de Gabri fut la seule réponse.

Geb reprit sa visite guidée. Ces discours étaient, certes, intéressants, mais son jardin devait rester au centre de leur attention.

— Vous remarquez que le maïs sert de tuteur aux haricots et le large feuillage rampant des courges préserve l'humidité de la terre tout en empêchant les mauvaises herbes d'étouffer les racines de mes plantes. Mon papy répétait : « Le secret est dans les racines : chacune a besoin de son espace et, elles ne doivent pas se mélanger pour ne pas perdre leur vitalité en s'étouffant les unes les autres. »

— Et si une racine rencontre une pierre, s'exclama Myke, elle est foutue !

— Non, répondit Geb, (on sentait que cela le passionnait), la plante renforce les racines saines et en crée de nouvelles pour permettre à la racine en difficulté de dévier sa route et de retrouver ainsi de la terre nourricière. Tout en parlant, Geb avait pris spontanément la posture de son grand-père, solidement ancré à la terre et la tête tendue vers le ciel. Il éprouva physiquement cette ressemblance comme si son grand-père s'était fondu en lui et continuait son œuvre à travers lui. Il se sentit, à cet instant « supervivant ».

Tara ne lui laissa pas le loisir de savourer cette intense satisfaction en s'exclamant :

— Tu as planté de la ciboulette sous les groseilliers, quelle drôle d'idée !

— La ciboulette protège de la maladie de rouille, fréquente chez les groseilliers. Je l'ai lu dans la bibliothèque, pavoisa Geb.

— D'accord, mais là, tu laisses pousser les mauvaises herbes, s'étonna Jemaya en pointant son doigt sur de minuscules fleurs jaunes.

— Il a bien raison, intervint Crystia, c'est de la chélidoine. Regarde… si je coupe la tige, un liquide jaune jaillit et tu peux l'utiliser pour éliminer les irritations de la peau et même les verrues.

— Oui, mais regarde, là, il a laissé des orties et des pissenlits, insista Jemaya.

— C'est volontaire, j'en fais de l'engrais. Le purin d'orties est un excellent apport de nutriments pour mes plantes et un répulsif pour tous les parasites qui pourraient leur provoquer des maladies. Ce sont les médecins de mon jardin.

Il était aisé de deviner dans la voix de Geb un mélange de fierté et de tendresse avec son impressionnante stature. Crystia, émue, retrouvait le souvenir de sa Nounou et enchaîna :

— L'ortie est une plante herbacée aux milles vertus. Pensez que pendant les périodes de disette, de nombreuses personnes ont vécu en se nourrissant uniquement de ses feuilles car elles contiennent des protéines, des minéraux et de nombreuses vitamines. En ce qui concerne les pissenlits, ils sont excellents en décoction pour désintoxiquer le foie.

— Pour ma part, tout ce que je sais c'est que l'ortie brûle et laisse des piqûres douloureuses sur la peau, compléta Myke.

— Tu as raison, commenta Gabri, l'ortie a un pouvoir urticant très désagréable mais détient aussi la faculté de guérir de nombreux maux. Tous les éléments de la nature peuvent servir ou détruire. Prenons l'exemple de la nourriture, cette énergie vitale pour notre corps, peut devenir un poison si consommée en excès ou mal équilibrée,

— Mon papy disait que de nombreuses personnes ont complètement dévoyé le sens de l'alimentation en parlant de la nourriture qui fait grossir ou, encore plus absurde, qui fait maigrir. Ils sont nombreux à s'identifier à leur poids, devenu leur principale préoccupation. « Quel gâchis », déplorait-il.

— Ton papy est à l'honneur aujourd'hui, observa Jemaya.

— Tu as raison, je l'ai retrouvé et qu'est-ce que j'en suis heureux ! Il m'expliquait qu'il n'y a pas de bons ou de mauvais aliments : il y a ceux qui donnent de l'énergie et ceux qui fatiguent car inadaptés aux besoins de la personne. Il me répétait en riant, comme si c'était une blague absurde : « Imagine un enfant des tropiques qui mangerait la nourriture d'un petit esquimau ! » Ensuite, il ajoutait : « Je vois des personnes qui se nourrissent comme si elles devaient travailler péniblement dans un froid extrême, d'autres qui se nourrissent d'aliments venus de pays lointains complètement inadaptés à leur mode de vie et d'autres, encore, qui se nourrissent avec l'unique but de grossir ou de maigrir ! Tu te rends compte ? Le monde est devenu fou… » soupirait-il en secouant la tête.

— Comment savoir si un aliment nous donne ou nous enlève de l'énergie, ce n'est pas écrit dessus ! s'exclama Myke.

— Tu t'en aperçois en écoutant ton corps : c'est simple, si après le repas tu débordes d'énergie, ton alimentation est adaptée à tes besoins, mais si, par contre, tu as envie de dormir et tu te sens apathique, cela signifie que cette nourriture t'a épuisé. C'est ce que m'a répondu mon grand-père quand je lui ai posé la même question.

— Il en savait des choses ton papy, observa Myke avec admiration.

— Plein de sagesse, souligna Crystia.

— Ne m'interrompez pas sinon je n'arriverai pas à vous communiquer toutes les convictions de mon grand-père sur ce sujet, se plaignit Geb.

— Il a raison, intervint Nabu, laissez-le développer cet argument, il est intéressant et nous concerne tous !

— Mon papy insistait également sur la quantité de nourriture. « C'est en mangeant lentement, en écoutant ton corps, que tu ressens la juste quantité adaptée à tes besoins. » Il était effaré par la quantité de nourriture et le gaspillage de notre entourage. Je l'entends encore barboter, tout en sarclant la terre sans relâche : « C'est choquant, c'est vraiment choquant… »

— Ton grand-père avait entièrement raison, affirma Gabri, je me souviens avoir traversé un pays où les habitants dépensaient leur énergie et leur argent pour manger excessivement et consacraient, ensuite, une fortune pour se libérer de ce trop. Cela me semblait tellement absurde !

— C'est exactement ce que faisaient les Romains dans l'Antiquité quand ils mangeaient pour se faire vomir ensuite, adhéra Nabu.

— À chacun de trouver, avec bon sens, l'alimentation et la quantité idéale qui lui permet de grandir dans tous les domaines, voulut conclure Gabri.

— Je te ferais remarquer, considéra Tara, qu'ici, nous ne pouvons pas choisir notre nourriture, il faut bien que nous acceptions ce qui nous est servi.

— C'est vrai, mais tu as encore la possibilité de manger goulûment, ce qui empêche la transformation de ces aliments en énergie ou de manger lentement et de t'arrêter dès que tu sens le signal de satiété, objecta Gabri.

— Tu as de drôles d'expressions, déplora Geb.

— Le signal de satiété, en d'autres termes la quantité nécessaire à tes besoins, est envoyé par ton estomac qui a besoin de souplesse et d'espace pour transformer la nourriture en énergie. Si tu encombres ton estomac, il est obligé de puiser de l'énergie pour éliminer l'excès et te donne cette sensation de fatigue typique des « mauvais repas ».

— Comment comprenons-nous cet étrange message ? demanda Myke.

— C'est comme une petite voix intérieure qu'il convient d'écouter avec attention, qui te dit « ta ration est suffisante, ton corps n'a pas besoin de plus, grâce à la régularité des repas, tu auras toujours assez à manger, tu n'as plus besoin de faire de réserves ». À force de tenir compte de ce message, tu passes dans le confort de la spontanéité. D'une manière naturelle, tu deviens incapable de manger plus car tu te sens mal à l'idée de continuer.

— Quand les gens jeûnent c'est bien ou c'est mal ? interrogea Tara.

Geb haussa les épaules dans un geste d'incompréhension totale.

— Un jeûne de courte durée repose l'organisme, permet de ne plus avoir peur de la faim et peut instaurer une meilleure relation avec la nourriture. Un jeûne de longue durée peut avoir des conséquences indésirables à cause de la perte de la masse musculaire. Je me souviens avoir rencontré, lors de mes voyages, un homme devenu aveugle à cause de ses jeûnes prolongés. Les muscles minuscules de ses yeux ont manqué de l'apport nécessaire de protéines pour conserver leur tonicité, se remémora Gabri.

— Je me souviens, intervint Crystia, que, dans mon internat, une compagne passait d'une privation de nourriture à des crises de boulimie impressionnantes.

— Effectivement, le manque prolongé de nourriture peut déclencher des troubles alimentaires. La boulimie, ce besoin effréné et incontrôlé de se remplir de nourriture jusqu'à l'oppression, peut être dicté par l'inconscient qui, craignant le manque consécutif à des jeûnes ou à des régimes amaigrissants, oblige le corps à faire des réserves pour affronter la prochaine période de disette. Une véritable panique de « manque » s'inscrit dans l'inconscient et il est très difficile ensuite de le rassurer pour endiguer ces crises de remplissage. C'est le cas des nombreuses personnes qui font des régimes et prennent plus de poids dès qu'elles recommencent à manger normalement.

— Comme les ménagères qui remplissent exagérément leur placard à l'annonce d'une difficulté de ravitaillement ? demanda Jemaya.

— Exactement.

— Le jeûne ou les régimes restrictifs peuvent instaurer également un lien négatif à la nourriture allant jusqu'à un refus dangereux de se nourrir. Comme le comportement boulimique supprime le signal de satiété, l'anorexie (refus d'une alimentation normale) provoque la perte du signal de la faim. Ce refus de s'alimenter peut devenir une maladie mortelle, et s'avère, souvent, aggravée par une sorte de « sport de volonté » avec soi-même qui permet de se sentir plus fort que les besoins de son corps.

— À un moment donné, la faim doit être insupportable, dit Geb, surpris.

— Si le jeûne ou le refus de se nourrir s'avère difficile au début, il devient de plus en plus facile car moins on se nourrit moins on a envie de manger. Le manque de nourriture plonge inexorablement le malade dans un état second, hors de la réalité, qui peut devenir irréversible si l'on n'intervient pas en obligeant, par différentes interventions, la victime de se nourrir.

— Cela me paraît dingue, s'étonna Geb.

— C'est en effet un problème complexe et seul un spécialiste en la matière pourrait vous en dire plus et mieux, conclut Gabri.

— Personnellement, je pense que la nourriture doit rester un plaisir, s'exclama Tara. D'ailleurs, j'ai lu que les glucides et les sucreries augmentent la sécrétion de sérotonine, hormone de la bonne humeur !

— Tu as entièrement raison mais ce plaisir n'est possible que s'il reste en harmonie avec la satisfaction des exigences de ton organisme.

— Le curé du catéchisme de mon école, se souvint Crystia, nous disait que si nous étions malades d'avoir trop mangé c'était un péché de gourmandise. Il nous expliquait que la nourriture procure un plaisir tellement fugitif que l'on voudrait le prolonger le plus possible en mangeant des quantités déraisonnables au point que le corps est obligé de les rejeter.

— Je me souviens, intervint Jemaya, d'une de mes « collègues de travail » qui faisait des crises impressionnantes de boulimie quand elle ne supportait plus le désert affectif de notre milieu. Elle arrivait même à manger des blocs de beurre encore surgelés ! Ce n'était donc pas de la gourmandise comme ton curé le décrivait.

— Jemaya nous évoque les troubles alimentaires qui dépendent d'un vide affectif insupportable. La personne comble ce vide par un remplissage intempestif de n'importe quel aliment. Dans ces moments-là, la nourriture lui semble plus facile, plus rapide et plus disponible qu'une personne vers qui se tourner, expliqua Gabri.

— Si ces personnes souffrent de solitude et d'un manque d'amour que peuvent-elles faire d'autre, les pauvres ? interrogea Jemaya.

— Elles peuvent prendre l'initiative d'aller vers les autres pour se remplir autrement et se libérer de la « dépendance de l'attente » responsable de ce vide insupportable.

— Que veux-tu dire ? demanda Nabu aux aguets.

— Attendre des autres une initiative vous place dans un état de dépendance qui vous paralyse et vous plonge dans un océan de solitude. Imaginez : si chaque personne attendait l'invitation d'une autre, ce serait la paralysie totale de toutes les relations humaines ! envisagea Gabri.

Les prisonniers s'installèrent dans une bulle de réflexion pour digérer cette discussion totalement insolite.

Nabu, son fidèle bloc-notes à la main, avec un crayon enfilé dans le ressort, fit éclater la bulle :

— Geb, comment as-tu fait cette merveille ?

Le prisonnier ne s'attarda pas à savoir si Nabu se moquait de lui, il était ravi de montrer sa cabane à outils, il n'attendait que cela. Il les invita à l'accompagner et ils découvrirent, avec surprise, son coin couchage. Les longs outils étaient rangés en dégradé derrière son lit et formaient ainsi une tête de lit très originale. Les petits outils étaient suspendus au plafond et devenaient, selon le regard de chacun, des mobiles, des sculptures, des tableaux ou des paysages. Le jardinier leur expliqua, avec beaucoup de respect, que chaque accessoire était devenu une extension de ses mains. Tous étaient d'une propreté méticuleuse. Les détenus comprirent qu'il devait, sûrement, les frotter méticuleusement avant de les ranger chaque soir.

Spontanément, Geb alla vers Gabri et lui murmura MERCI.

Un chaleureux sourire lui répondit :

— Si je pouvais supprimer le ciment, travailler et niveler la terre comme le faisait mon grand-père dans son potager à chaque printemps, je transformerais la planète en un énorme potager, annonça Geb avec simplicité.

— Le monde a complètement changé ! s'exclama Nabu. Je pense que comme tu « travaillais » la nuit et que tu es emprisonné depuis longtemps, tu n'as pas remarqué la transformation de la Terre. L'herbe s'est durcie en ciment, les fleurs se sont allongées en luminaires et lorsque des papillons de nuit se cognent aux néons, on devine qu'ils devaient être des fleurs à papillons. Les arbres ont poussé en gratte-ciel et leurs fruits ont éclaté en commerces. Les cailloux sont devenus des balises lumineuses pour permettre aux piétons, les yeux soudés sur leurs smartphones, d'éviter les bolides.

— C'est horrible ce que tu décris et tu penses que les gens sont heureux ? se révolta Geb. Heureusement que mon papy ne voit pas ce désastre, il serait devenu fou.

— Tu as raison et de nombreuses personnes le deviennent : fous de stress, de dépression, de tristesse, victimes de burn-out. Les suicides augmentent par manque de lenteur, de simplicité et de sobriété, intervint Gabri.

— Parle français, s'il te plaît, revendiqua Tara.

— « Burn-out » est un mot très à la mode chez les médias qui signifie « épuisement ». Ces malades ont perdu le rythme raisonnable de l'alternance propre à la nature du monde et de l'homme : l'équilibre du jour et de la nuit, du travail et du repos, du rêve et de la réalité. Ces malades se réfugient, en premier lieu, dans l'hyperactivité pour produire un surplus d'adrénaline : hormone de l'activité et du stress. Boostés par cette substance, ils ne connaissent plus leurs limites et, par conséquent, s'écroulent physiquement et psychologiquement quand leur niveau d'énergie, non renouvelé par l'alternance, est épuisé. Ce mal de vivre peut les emmener jusqu'à la tentation du suicide s'ils ne sont pas secourus par un changement radical de vie, de rythme et de priorités.

— Il faut retourner en arrière et retrouver l'authenticité de la nature, de la simplicité dans ses habitudes sinon la Terre et les hommes vont mourir, se récria Geb avec force.

— Je pense, réfléchit Nabu, que revenir en arrière est vraiment difficile, voire impossible, car un équilibre s'est créé dans cette nouvelle réalité dirigée par le matérialisme. Peut-être que l'homme et son cerveau vont évoluer dans un monde complètement virtuel que nous avons peine à imaginer et ils trouveront dans cette nouvelle réalité une autre dimension de la vie.

— Tu appelles cela « équilibre », intervint Crystia se rapprochant de Geb pour le soutenir, une hécatombe de suicides, de marginaux, un écart insurmontable entre les très riches et les très pauvres et tout cela, sans même aborder les guerres et les violences terrifiantes.

— Toi, Gabri, qu'en penses-tu ? Comment expliques-tu cette course dans le mur ? quémanda Nabu qui n'avait plus d'arguments dans sa besace d'informations.

— Il fut une période dans laquelle de nombreux pays avaient « trop peu de tout » avec la peur du manque, c'est ce qui a provoqué cette course folle au « trop de tout ». C'est la loi du pendule de Newton : au plus la poussée est forte dans un sens, au plus la réaction est forte, égale à la poussée dans le sens opposé. Retrouver le milieu, l'équilibre entre les deux extrêmes devrait constituer l'objectif de chacun pour freiner le mouvement du pendule.

Gabri eut un moment d'hésitation avant de continuer car il se questionnait encore sur le moyen de ramener au centre le pendule.

— Je recherche encore, comme vous et tous les hommes de bonne volonté, « le juste équilibre ». Ce qui me semble certain, c'est l'urgence d'inverser cette course effrénée et absurde pour accumuler toujours plus et mourir étouffé par le trop. De plus en plus de courants de pensée prônent la sobriété, la simplicité, l'arrêt de cette course folle. Il est important de considérer également, que « le trop » fait perdre de la valeur à chaque objet, à chaque action, à chaque communication, à chaque émotion.

— La modernisation a également de nombreux avantages, s'immisça Nabu.

— Tu as parfaitement raison : les progrès permettent un allongement conséquent de la vie. La technique et les recherches de plus en plus pointues rendent le travail moins avilissant et permettent de réduire ou éliminer de nombreuses souffrances. La mondialisation des informations entraîne une ouverture aux problèmes des autres et favorise les mouvements de solidarités. Grâce au gain de temps engendré par le progrès, la culture, les sports et les arts deviennent de plus en plus accessibles à un plus grand nombre d'individus.

— Mes parents, se remémora Crystia, étaient pessimistes et critiquaient tout en annonçant la fin du monde mais ils ne proposaient aucune solution. Ils refusaient de donner un autre regard sur leur mode de vie qu'ils considéraient comme l'unique exemple à suivre.

— Alors, qui a raison ? questionna Alma-Kala.

— Personne et tout le monde ! La Terre est assez grande et les hommes de « bonne volonté » assez intelligents pour utiliser la modernité afin d'équilibrer ces dimensions qui semblent inconciliables et trouver un point de rencontre entre le respect des richesses de la planète et les bienfaits de la modernité. La terre, l'eau et l'air sont arrivés à un niveau de pollution extrême et je pense que c'est dans le progrès de la technologie que des solutions innovantes vont être proposées. Dans la bibliothèque, vous trouverez de nombreux témoignages de chercheurs qui œuvrent et réussissent dans ce sens, livra Gabri avec optimisme.

— Comment reconnaître ces personnes qui seront capables d'inverser cette croyance du pouvoir et de la possession ? Pour le moment, il me semble que nous en sommes très loin, considéra Nabu.

— Je sais, mais il faut tendre à cet objectif afin d'espérer que les hommes de demain puissent l'atteindre, répondit Gabri confiant.

— Je préfère ne pas voir cela, et rester avec mon rêve de transformer la Terre en un immense jardin, affirma Geb, têtu. Je n'ai aucune envie de me « casser la tête » avec tous ces bouquins qui parlent trop curieux pour moi.

— Tu n'as pas envie que tous les papys du monde puissent retrouver leur Éden ? lui susurra Tara.

— Là, tu me pièges… Ok, je vais faire un effort !

— Tu verras que tu ne le regretteras pas car cela va te permettre de rêver ton projet autrement. Tu pourrais, par exemple, créer des potagers partout dans les villes, sur les toits des immeubles et dans tous les recoins les plus improbables !

— Ce que nous faisons ici ne sert à rien ni à personne, se plaignit Myke en haussant les épaules.

— Tu te trompes, l'évolution part toujours d'une base de connaissance et chaque génération prépare le terrain pour la génération suivante. Gabri s'adressa à tous d'une voix sérieuse et profonde, chacun de vos projets pourrait être un départ pour le projet d'un autre, un peu comme le don d'organes permet la continuité de la vie.

— Mais je veux le faire moi-même, insista Geb.

— On en a tous envie, intervint Alma-Kala, mais, malheureusement, nos erreurs du passé nous poursuivent plus gravement que notre condamnation.

Un bougonnement peu convaincu lui répondit.

Tara tenta d'alléger l'atmosphère en blaguant :

— Ton jardin pourrait devenir un musée !

Personne n'eut envie d'en rire et un silence oppressant s'installa dans le jardin. Nabu ouvrit la fenêtre d'une question pour offrir à ses compagnons un courant d'air de diversion :

— Geb, j'ai particulièrement aimé ta description sur l'importance des racines et je veux en profiter pour poser à Gabri une question cruciale qui nous intrigue tous depuis longtemps. Toi, Gabri quelles sont tes racines ? Tu nous as si généreusement accompagnés pour retrouver les nôtres mais quelles sont les tiennes ?

L'étonnement des prisonniers devant tant de hardiesse fut rapidement estompé par leur curiosité.

Comme s'il s'attendait à cette requête depuis longtemps, Gabri, les yeux mi-clos, commença un morceau de son histoire :

Mon père, éminent psychiatre, savait tout, avait réponse à tout.

Il était Grand.

Toujours sérieux, il passait tout son temps à la maison entre son cabinet de consultations, son bureau ou sa bibliothèque. J'étais subjugué par cet homme inaccessible qui daignait partager avec moi une parcelle de son temps pour disserter sur les mystères du cerveau humain et sur les étranges agissements des humains. Chaque comportement différent du sien était étiqueté comme pathologique, et pour ne pas tomber dans cette catégorie de « malade », je m'efforçais de lui ressembler en tout.

Ma mère ne savait rien. Petite et effacée, elle ne démentait pas l'étiquette de « dépressive » dont mon père l'avait affublée pour mieux la dominer. Fils unique, il me manquait le regard d'un frère ou d'une sœur qui m'aurait, peut-être, permis d'avoir une autre vision plus lucide de mes parents. La situation était immuable : mon père et moi d'un côté, ma mère et sa solitude de l'autre.

Lors de ma dix-septième année, maman est partie comme elle avait vécu, sans faire de bruit... seule.

— Partie... partie ou morte comme mon papy, intervint Geb avec ses gros sabots.

Nous l'avons trouvée morte un matin et nous n'avons pas cherché à comprendre le comment ni le pourquoi.

Pour décharger mon père de toutes préoccupations, je lui proposai de ranger et d'éliminer les affaires de ma mère. C'est alors que je tombai sur un carton énorme rempli de cahiers quadrillés couverts d'une écriture fine et régulière. Numérotés, ils étaient empilés par ordre d'années. C'est presque nonchalamment que j'ouvris le plus ancien et ma respiration se bloqua. Incapable de bouger, je découvrais le début de son effacement. Mon père la contredisait en tout, ironisait ses initiatives, doutait régulièrement devant d'autres personnes de son intelligence et la « remettait à sa place » à maintes reprises. Ce premier cahier n'était qu'un cri douloureux d'une femme niée et d'une mère « éventrée »...

— Mais pourquoi n'a-t-elle pas hurlé sa douleur ? cria presque Jemaya.

— Elle a sans doute essayé de le faire au début mais mon père lui a rapidement coupé les ailes avec les ciseaux acérés du mépris. Comme elle avait été nourrie, dès son enfance, au lait de la culpabilité, elle se sentait responsable du comportement de mon père.

— Pourquoi se sentait-elle coupable, le comportement méchant était celui de ton père et non le sien, se rebella Crystia.

— Tu as raison, souvent on se sent coupable pour ce que sont ou font les autres, avec une difficulté à comprendre que cela ne nous appartient pas mais, par un comportement de soumission, on peut encourager cette situation malsaine. Prenons le cas de ma mère : elle n'était nullement coupable de la méchanceté de mon père mais elle aurait pu se rebeller ou partir, ce qui aurait empêché mon père de lui faire tout ce mal. Rappelez-vous que, dans chaque situation, chacun est libre de faire un choix sur sa façon d'être et de faire. Dans votre espace, vous aviez la liberté de réaliser ce projet ou d'attendre la mort.

— Elle devait avoir peur de te perdre définitivement si elle partait. Elle continuait à espérer que tu ouvres les yeux sur la réalité, dit Tara afin de prendre sa défense.

— Tu as raison et c'est probablement quand elle a perdu tout espoir qu'elle a décidé de mourir.

— Elle aurait pu t'expliquer, t'aider à comprendre, insista Crystia.

— Elle aurait cassé l'image de mon père et aurait dû subir la violence de ma colère devant sa tentative de me récupérer. Elle était piégée par sa trop longue soumission et sa crainte de me faire du mal en me révélant la vérité. Elle devinait que je n'étais pas prêt à l'entendre.

Gabri laissa le groupe méditer un moment cet intermède avant de poursuivre :

Je ne pouvais m'empêcher de revivre en boucle une scène fréquente de mon enfance : ma mère commençait à parler, mon père gardait un silence poli et moi je levais les yeux au ciel pour m'associer à lui. C'est à cette époque que commença l'écriture de son histoire.

— Quelle fut ta réaction lors de cette première lecture ? Tara ne tenait plus en place.

Ce premier cahier fut un tel choc que, pendant longtemps, je n'ai pas eu le courage d'ouvrir les autres. J'ai rejoint mon père dans le bureau et, en lui jetant le cahier à la figure, je lui ai hurlé que ce n'était pas ma mère qui était morte mais lui et qu'il ne me verrait plus jamais.

Gabri joignant le geste à la parole se leva et sortit, laissant les détenus sur leur frustration de connaître la suite.

Myke résuma le ressenti du groupe :

— Ça alors !

LA PORTE ORANGE

Jemaya, quittant l'espace de Geb, lança à la ronde :

— Les filles, la prochaine fois, c'est chez moi ! Les hommes la fixèrent, éberlués. Déçus, ils n'osèrent contester cette surprenante discrimination.

À grandes enjambées souples, Alma rejoignit Jemaya dans le couloir et, la prenant délicatement par le bras, lui susurra :

— Je suis réellement frustré de ne pas pouvoir découvrir ton projet !

— Oh, toi tu peux venir, ce n'est pas la même chose.

— Que veux-tu dire ?

Jemaya rougit. Elle aurait souhaité être ailleurs afin de ne pas devoir affronter cette conversation qui prenait une tournure gênante. Le visage serein de Kala l'incita à s'expliquer :

— Je veux dire, elle hésita un brin de seconde craignant de le heurter, que tu n'es pas vraiment un homme… Tu comprends ce que je veux dire ? ajouta-t-elle embarrassée. Elle appréciait la délicatesse d'Alma-Kala et aurait détesté le blesser. Elle choisit de se justifier. Les hommes me répugnent, tous des animaux qui ne pensent qu'à utiliser les femmes comme des babioles. Ils sont obnubilés par « ça ». Je me souviens qu'un deux m'avait, même, donné ce surnom « Mababiole ». C'était insoutenable !

Le regard de Kala l'écoutait intensément.

— Toi, par contre, tu es différent, sensible et délicat comme si tu n'étais pas un homme. Je devine que tu n'as pas que « ça » en tête.

— Tu avais l'air d'apprécier l'espace de Geb et d'admirer son jardin. Voilà un homme qui a pensé manifestement à autre chose qu'à « ça », déclara-t-il avec un sourire en coin.

Jemaya ne savait que répondre devant une telle évidence. Elle avait envie de poursuivre cet échange qui lui faisait du bien.

— Tu sais, quand je pense à tout ce que m'ont fait les hommes, j'ai une telle rancœur que tout mon corps devient une cage de douleur. À ces moments-là, je le déteste tellement que je ne sais plus qu'en faire… c'est comme… comme si je ne voulais plus l'habiter. Voilà, c'est cela que je voudrais : déménager dans un autre corps tout neuf qui n'a pas été souillé par ces individus abjects. En définitive, une nouvelle maison, un nouveau « chez-moi ».

Alma ne pouvait lui répondre que par la force de son écoute.

Jemaya, encouragée, continua. Elle sentait qu'elle n'avait jamais été aussi loin dans l'expression de ses émotions :

— Comme ce déménagement est irréalisable, je refuse de regarder les hommes autrement car cela me permet de leur faire porter toute ma rage et il m'est insupportable de partager mon projet et mon espace en leur présence. Je ne me sens libre qu'en présence des femmes.

Après un long silence, Alma objecta :

— Tu ne peux, effectivement, changer de corps mais tu peux réviser ton regard sur les hommes et te libérer de ce sentiment d'avilissement. Repense à l'espace de Geb qui exprime une sensibilité et un respect pour la nature qui ne peut être la réalisation d'un homme obsédé par « ça ». Gabri, également, nous propose une vision différente de l'homme et de sa grandeur. Tu as, malheureusement, été détruite par le côté fruste de ces individus. Mais en cherchant à accueillir d'autres aspects, tu réussiras à réutiliser l'énergie de ta colère pour enseigner aux femmes comment se protéger du côté obscur de certains hommes et ainsi mettre en lumière leur grandeur. Utiliser ton expérience du Mal pour édifier le Bien, j'ai entendu dire que cela s'appelait « résilience ».

— Tu zappes complètement que nous sommes en prison et que je ne peux échanger avec les femmes confrontées à ce calvaire.

— Tu oublies les caméras ! Pense à toutes ces femmes qui ont besoin de tes réponses et de s'enrichir de ton expérience. Abandonne cette rancœur qui est une souffrance stérile que tu es la seule à devoir supporter. Il me semble que tu as déjà assez souffert et que tu mérites mieux. Montre aux femmes qui vivent ce que tu as vécu qu'il existe un nouveau possible.

Avec d'autres mots, Alma-Kala renforçait, sans s'en douter, le message de Mari. La répétition consolide la pensée comme la fréquence d'une action enracine un nouveau comportement.

Au moment où Kala s'éloigna, Jemaya lui lança hésitante :

— Puis-je compter sur toi pour inviter les hommes de ma part ?

— Je pense préférable que cela vienne de toi, cela te permettra de surmonter un obstacle important. C'est exactement comme quand tu montes un escalier, chaque effort pour gravir une marche te permet de monter plus haut.

— Oui, mais là tu parles d'une sacrée marche ! Elle m'arrive au moins à la taille !

— Tant mieux, cela te permet d'en franchir plusieurs à la fois !

L'espace était vide. Les condamnés étaient regroupés, devant la porte largement ouverte. Les hommes se tenaient, en retrait, encore troublés par le premier refus de la prisonnière. Jemaya les invita à entrer et à s'étendre à même le sol. Les femmes s'exécutèrent spontanément, les hommes avec une nuance d'hésitation. Quand même, se coucher comme cela les privait de l'assurance de leur hauteur. Ils s'exécutèrent plus pour éviter de casser le projet de Jemaya que par véritable conviction.

Jemaya mit une musique très douce en les incitant à respirer avec le ventre. Myke leva la tête pour regarder le ventre de ses compagnons afin d'être sûr de bien faire. Il décida d'imiter Geb qui avait mis sa main sur l'ombilic pour mieux localiser son souffle. Une respiration régulière emplit la pièce. Chacun d'eux, installé dans son souffle, s'était évadé de la prison pour explorer la demeure inconnue de leur corps.

Comme un pantin à ressort jailli d'une boîte, Geb se redressa d'un bloc.

— Je me sens tout bizarre.

— Que veux-tu dire ? s'inquiéta Jemaya

— Je n'en sais rien, je me sens tout drôle.

— Tu veux dire plus calme ?

— Oui, mais pas tout à fait, Geb hésitait, il voulait mettre de l'ordre dans ses sensations… ça y est, j'y suis, je me sens… léger.

— C'est cette respiration qui, grâce à la poussée du diaphragme vers le bas, a libéré les émotions emprisonnées dans ton ventre.

— Qu'est-ce que c'est, encore, ce machin-là ? bougonna notre homme.

— Le diaphragme est une cloison, un voile qui sépare les poumons des intestins.

— Mais qui t'a appris cela ?

— C'est Mari qui m'a tout appris, répondit Jemaya, ravie de pouvoir faire un clin d'œil à son amie qui la suivait probablement sur le clip. Cette caméra était devenue le regard de son amie et son jugement sur cet « espion » s'était transformé. Son visage, soudainement figé, lui offrit le spectacle de sa liberté de changement. Était-ce la nouvelle souplesse de son corps qui lui avait permis ce revirement ou la métamorphose de ses idées qui avait généré cette nouvelle aisance ?

Gabri reprit le relais pour la laisser poursuivre ses réflexions :

— Ce muscle est très souple et en l'abaissant grâce à cette respiration, il imprime une pression sur votre ventre et le libère, comme vous l'expliquait Jemaya, des tensions dues aux émotions non exprimées. Mon maître appelait le ventre « le cerveau émotif ». C'était son idée fixe et je reconnais que cette technique a causé la fragilisation de mon boulet de rage.

— TOI, une boule de colère, j'ai peine à y croire, s'étonna Crystia.

— Et, pourtant c'est la vérité et c'est la preuve du changement que nous pouvons tous accomplir quand nous avons le courage de lâcher tous ces encombrants du passé qui obstruent l'accès à nos ressources personnelles.

— Il faudrait, en premier lieu, changer les autres, tous ceux qui sont à l'origine de ces émotions et qui nous ont acculés à perpétrer nos crimes, se révolta Crystia.

— Tu es la seule responsable de tes réactions car devant des événements identiques tu aurais pu réagir autrement.

— Tu veux décharger toutes ces personnes qui nous ont fait tant de mal en nous disant que nous sommes responsables ! Je rêve… se fâcha Jemaya.

— Ce que je veux vous dire, reprit Gabri, persuasif, c'est que même si ces personnes vous ont causé tant de mal, vos émotions et vos réactions en face de cette maltraitance vous appartiennent et j'en sais quelque chose, rassurez-vous. J'ai vécu autrement ce que vous avez supporté, poursuivit-il, sibyllin.

— Qui est ce maître ? demanda Nabu qui suivait son idée, en quête d'informations pour son journal.

— Patience, je vous le révélerai dans la suite de mon histoire. Laissons Jemaya aller au bout de son partage.

La détenue reprit sur le même ton tranquille :

— Nous allons, ensemble, découvrir la richesse des quatre phases de la respiration qui favorisent, selon de nombreuses traditions, le secret d'un art de vivre en harmonie.

Chaque fois que vous inspirez vous accueillez l'énergie environnante.

— Tu parles d'une énergie environnante quand tu es dans un lieu de guerre ou de destruction ! intervint Alma-Kala.

— Ou dans le couloir de la mort, renchérit Geb.

— Dans ces cas-là, tu fais comme moi, tu respires une image positive d'un paysage ou d'une personne que tu aimes pour éviter d'inspirer ce poison qui t'entoure, confia Tara.

— Tu as raison, c'est ce que je faisais quand je me trouvais dans le trou de punition chez les djihadistes. Je sculptais mon village sur les parois, je respirais l'air de mon pays natal et je me sentais mieux.

— Pendant la pause après l'inspiration, vous êtes au maximum de vos forces et vous vous sentez en condition d'exécuter un effort intense.

— Je me souviens, interrompit Geb, que mon papy inspirait toujours un bon coup avant de couper une bûche, la tranchait en bloquant sa respiration et soufflait après, bruyamment, comme le taureau en colère de mon livre d'images. Lui, si doux, m'impressionnait vraiment à ces moments-là !

— Ton exemple est parfait, le remercia Jemaya. Effectivement le souffle de l'expiration est essentiel pour relâcher les tensions accumulées durant l'effort.

— Je désire lâcher toutes ces images de guerre et de sauvagerie que je ne veux plus garder, déclara Alma.

Jemaya lui envoya un rayon de joie en guise de réponse avant de poursuivre :

— Durant la pause après l'expiration, vous découvrez le miracle du silence. Les pensées s'arrêtent comme par enchantement. C'est un moment tellement agréable que l'on pourrait être tenté de le prolonger avant de retourner à la réalité d'une nouvelle inspiration.

— Mon ami Imodo m'avait appris cette technique et je prolongeais cette pause jusqu'à me sentir « ailleurs ». C'est mon corps qui, malgré moi, me forçait à inspirer à nouveau et retrouver, malgré moi, la triste réalité, se souvint Alma-Kala.

— Ailleurs ? Où ? interrogea Tara, toujours curieuse dès qu'il s'agissait de mystère.

— Dans une partie de moi-même que je ne pouvais explorer que durant ces secondes-là.

Jemaya reprit :

— Mari, cette amie précieuse durant l'élaboration de mon rêve, comparait les quatre phases de la respiration au déroulement du jour et de la nuit : l'inspiration représente le matin avec sa bouffée de lumière et d'énergie, la pause de la journée permet d'utiliser ce souffle de vitalité pour réaliser ses projets, le coucher de soleil, avec ses couleurs dorées et orange, invite à la douceur du relâchement de l'expiration qui ouvre l'accès au sommeil régénérant de la nuit durant la dernière pause.

— J'aime cette comparaison et je pense que je vivrai ma respiration autrement grâce à toi et à Mari, bien sûr ! s'enthousiasma Crystia.

Gabri prit le relais :

— J'ai envie d'ajouter à cette comparaison intéressante de Jemaya que les quatre phases de la respiration représentent également le rythme idéal de vie pour sortir des maux caractéristiques du stress du monde moderne dont on parlait dans l'espace de Geb. L'inspiration représente l'initiative, le mouvement, la pause la réalisation du projet, l'expiration le relâchement des tensions causées par l'effort et la dernière pause, un moment de repos pour assimiler les résultats et accueillir une nouvelle page blanche. Reprenons l'exemple du papy de Geb : pendant l'inspiration il lève sa hache pour se préparer à fendre la bûche, durant la pause il met le maximum de son énergie pour la briser, il souffle toute la tension de ses muscles pour les libérer des toxines de fatigue et le moment de repos lui permet de se régénérer pour pouvoir fendre une autre bûche sans s'épuiser.

— Là, je comprends mieux, s'éclaira Geb.

— Quel rapport entre le stress et la respiration ? questionna Nabu.

— Le manque de respect du déroulement de ces quatre parties essentielles du rythme de la vie provoque le stress, recommença Gabri, de nombreuses personnes, croyant gagner du temps, raccourcissent ou même suppriment une des phases de ce précieux rythme et glissent, imperceptiblement, dans un chaos de déperdition d'énergie. Privées du repos de la dernière pause, une activité effrénée les empêche de réaliser à quel point la pente est dangereuse, ce qui crée un malaise croissant.

— Si j'ai bien compris le rythme de la respiration est le modèle de l'équilibre d'une vie harmonieuse, enchaîna Tara.

— Oui, se réjouit Gabri.

Jemaya respecta une pause avant de poursuivre un nouvel exercice :

— En inspirant, envoyez l'air dans une partie de votre corps en vous concentrant sur cette zone pour, ensuite, durant la pause, laisser l'oxygène régénérer cette même partie. Tout se déroule naturellement. Durant l'expiration, libérez cette partie de votre corps des tensions inutiles et durant l'ultime pause écoutez le silence du bien-être de cette zone libérée.

— Si c'est naturel, pourquoi nous demandes-tu de nous concentrer comme si nous étions les artisans de notre respiration ? interrogea Tara avec une logique qui lui est peu commune.

Comme Jemaya hésitait, Gabri vola à son secours :

— La respiration est, en effet, automatique, mais en prendre conscience régulièrement te permet d'intensifier les effets thérapeutiques des différentes phases et t'invite à respecter ce rythme dans toutes les autres activités de ta vie pour éviter l'épuisement.

— Tu en sais des choses, admira Myke, le visage béat.

— Je l'ai appris et travaillé comme vous et je peux vous affirmer les bienfaits de cette technique que vous propose Jemaya. Travaillons-la ensemble.

Les détenus encouragés suivirent les consignes et progressivement les corps évoluèrent en souplesse dans la partie où la respiration agissait. La musique, la respiration et les mouvements ondulaient sans contrôle du mental.

— Maintenant, continua Jemaya, donnez à votre corps la liberté de changer de position de se lever, de danser de… voler tout en continuant à respecter le rythme de votre souffle.

Un ballet prit naissance.

C'était beau et Jemaya ne put retenir des larmes de joie. La prisonnière avait réussi à partager, en peu de temps, le bénéfice de son apprentissage. Elle murmura en éteignant la musique :

— C'est la fluidité qui permet à l'énergie des émotions de circuler et rend chaque mouvement facile, harmonieux et beau.

Un envol de silence traversa l'espace et couvrit de ses ailes déployées l'intensité de cette initiation.

Nabu posa la question qu'il avait, depuis quelque temps, sur le bout de son esprit :

— Connais-tu le kathak ?

— Non, je t'écoute.

— Cela me semble exactement ce que tu nous as proposé. C'est une danse indienne qui raconte une histoire. Les mouvements spontanés du corps permettent aux émotions de créer la chorégraphie. Tu ne contrôles plus rien : tu deviens toi-même libéré de toutes les contraintes imposées et qui ne sont pas en harmonie avec ton être… avec ta source, sourit Nabu en faisant un clin d'œil à Gabri. Tu te laisses aller comme quand tu fais l'amour. C'est l'abandon qui guide ton mouvement et consent à l'énergie de circuler.

— Ne me parle pas de faire l'amour, tu me renvoies l'image de ces monstres grimaçants. C'est seulement dégoûtant et humiliant.

— Ces hommes dont tu parles ne t'ont jamais « fait l'amour », intervint Gabri, véhément. Ils t'ont violée en ne pensant qu'à leur satisfaction immédiate et au soulagement d'une tension physique primaire. Ce comportement sexuel primitif et souvent agressif, ne tient aucun compte de la partenaire et c'est la raison pour laquelle ces individus n'ont pas besoin de la choisir. Ce n'est qu'un acte physique dépouillé d'émotion, d'échange et de créativité. Tes clients ne t'ont jamais regardée, jamais permis d'exister. Leur acte bestial ne leur a donné aucune émotion et aucune richesse. Ces « barbares » de l'amour recherchent toujours plus, dans la mauvaise direction : celle du sexe dépourvu de sens et… de sentiment.

— Des animaux, c'est bien ce que je pensais, asséna Jemaya.

— Non pire, intervint Crystia, car les animaux répondent à la nécessité de se reproduire.

— Merci Gabri, je retrouve exactement dans ta description ce que je ressentais sans le comprendre. Les clients ne pensaient qu'à leur jouissance et moi, je n'étais qu'un objet sans valeur : une poupée moins respectée que ces poupées choyées avec tendresse. Je n'ai même pas eu droit à cet attendrissement.

— Il y en a peut-être quelques-uns, osa Myke, qui ont voulu te le dispenser mais tu ne l'as, sans doute, pas perçu.

— C'est possible, mon cœur comme mon corps étaient muets et inaccessibles.

Une pause, lourde de considérations, se répandit dans la pièce.

— Je pense que Jemaya voudrait comprendre mieux ce que signifie « faire l'amour », questionna Kala à brûle-pourpoint.

Les prisonniers restèrent interdits devant cette audace si inattendue et, surtout, si peu en affinité avec le caractère discret d'Alma-Kala. Jemaya eut un mouvement de recul, se sentant, pendant un fragment d'émotion, trahie par son confident. Geb gomma ce malaise en offrant généreusement sa théorie :

— Moi, pour peu que je me le rappelle, faire l'amour me donnait une énergie incroyable et tout mon corps vibrait de plaisir.

C'était un appel pressant, mais je sentais que cela allait au-delà. Cela me transportait loin, je serais incapable de vous dire où. Cela m'était égal de le découvrir car je m'y sentais merveilleusement bien et cela me suffisait.

— Tu veux dire, intervint Gabri, que cela allait au-delà du plaisir physique ?

— Oui, on pourrait le dire comme cela. Je pense que cela ne peut pas être horrible, comme le décrit Jemaya, vu que cela me faisait du bien et j'avais l'impression d'être plus agréable après. J'étais excessivement jaloux de ma compagne et même un regard furtif d'un homme me poussait à avoir envie de lui casser la figure. Elle m'appartenait et cela me procurait une sensation de puissance que je lui exprimais en lui faisant l'amour ! C'est d'ailleurs la raison pour laquelle elle ne se rebellait pas en face de cette possessivité excessive. Nous étions persuadés que nous vivions l'amour absolu et que nous ne pouvions nous passer l'un de l'autre. C'était fort. Geb conclut sa tirade avec un geste évocateur d'écartement d'une chaîne indestructible.

— De temps en temps, ta compagne n'avait-elle pas besoin de prendre l'initiative ? interrogea Nabu.

— Non, elle était très contente que je m'occupe de tout et voulait toujours ce que je voulais ! répondit Geb, sûr de lui.

— Je ne suis pas d'accord avec toi, intervint Nabu avec véhémence. Te rends-tu compte que ta vision de l'amour fait croire que l'homme est seul responsable du plaisir de sa partenaire qui devient par ce fait complètement passive et dépendante de lui. C'est une pression qui peut angoisser l'homme et lui donner la sensation qu'il n'est pas à la hauteur. J'avais une vision totalement différente de la tienne. On avait chacun un bocal dans lequel celui qui prenait l'initiative mettait un grain de riz. Le plus rempli gagnait ! C'était un partage des désirs et des besoins du couple. Chacun devenait actif et responsable de son plaisir. Il passa, sans s'en rendre compte, de l'imparfait au présent, c'est un échange, une conversation des corps plus intense qu'une déclaration magistrale, c'est un pont, un arc-en-ciel, s'enthousiasma Nabu, devenu romantique.

Tara rejoignit la discussion avec spontanéité :

— Moi, je m'amusais beaucoup avec mon copain du moment, on riait, on inventait des situations hors de notre sombre réalité et on transformait ces moments en récréation. J'aimais jouer, surprendre mon partenaire pour vivre toutes les nuances d'émotions. Nous nous autorisions à renouveler chaque relation et connaître, ainsi, de nouveaux possibles. C'était un monde à nous dans lequel nous pouvions imaginer les situations les plus farfelues. Je pouvais être toutes les femmes de l'univers ! Comme Nabu, j'avais compris que le plaisir dépendait de moi et non de mon partenaire, ce qui allégeait nos relations car cette participation active libérait mon compagnon de toute pression. Cette liberté permettait à chacun de se concentrer sur ses sensations et nous permettait une connaissance profonde de nos corps respectifs. C'était passionnant.

— La dimension de jeu est très importante car elle permet de restaurer l'imagination de l'enfant qui vit en nous et qui n'a pas encore subi les contraintes de son milieu, expliqua Gabri aux prisonniers éberlués, et je voudrais ajouter que si chacun est en effet acteur de son plaisir, celui-ci est intensifié par l'échange et la participation à celui de l'autre. Comme l'arc-en-ciel de Nabu, chaque individu crée son plaisir et à mesure qu'il monte ils se rejoignent pour ne faire réellement plus qu'un.

— Ce lien, cette intimité se prolongeait dans nos vies et devenait complicité qui perdurait tout au long de notre vie à deux, reprit Tara.

— Pour toujours ? s'intéressa Myke.

— Malheureusement non, car il y avait toujours un moment dans lequel l'un des deux avait envie d'autre chose et l'arc-en-ciel s'éteignait.

— Pour moi, s'anima Myke, c'était les seuls moments dans lesquels je sentais que je pouvais choisir et donner quelque chose de moi sans que personne ne me l'ait commandé.

Entraînée par cette spontanéité, Crystia avoua que pour elle, c'était seulement la recherche du bénéfice que lui procuraient les hormones de bien-être secrétées par l'orgasme et que, pour cette raison, le choix de son partenaire n'avait rien à voir avec les sentiments.

— Grâce à toi, Crystia, je comprends mieux cette addiction au sexe de mes clients. Pour eux, je n'étais qu'un distributeur d'hormones, fit Jemaya, dépitée.

— Des drogués de sexe, confirma Tara.

Crystia reprit la main en déclarant que ce qu'elle aurait tant voulu exprimer durant ces moments « mécaniques », c'était son désir profond de partager la petite fille sensible qui tentait, en vain, de s'exprimer. Malheureusement, sa spontanéité était enfouie dans les tréfonds du pays de son enfance, conclut-elle, un chat dans la gorge.

Les participants de l'émission G étaient éberlués d'entendre les prisonniers parler ainsi d'amour et d'intimité avec autant de naturel. Certains accueillaient volontiers ces nouveaux éclairages sur leur propre sexualité tandis que d'autres éteignirent la chaîne, furieux de percevoir ce type d'échange entre criminels avec la possibilité de se croire dans une salle de jeux. « Ces délinquants resteront toujours des criminels. Ils doivent être traités et punis comme tels », cria l'un d'eux, transformé en une statue de haine.

— Et toi, Gabri qu'en penses-tu ? demanda Nabu.

— Je voudrais ajouter à ces échanges passionnants le concept de la communion des deux corps qui s'enrichissent de leurs différences. La dimension masculine se remplit de la grâce et de la souplesse féminine et celle-ci s'imprègne de sa puissance. Une sexualité saine et libérée permet une connexion avec toutes les autres dimensions de l'être et permet de s'enrichir des dimensions de la différence de l'autre. L'acte sexuel induit une vague puissante d'énergie qui purifie, régénère, enrichit et par sa force libère les freins des tensions tout en facilitant le mouvement du changement. La femme retrouve sa dimension dans l'accueil et l'homme retrouve la sienne dans le don. Le courant, qui à travers la danse de l'amour, se répand dans les deux corps jusqu'à arriver à une explosion d'énergie, permet aux deux êtres de vibrer ensemble et de renforcer le lien. Aucun de vous n'a évoqué cette intimité de deux êtres qui vibrent ensemble.

Jemaya, frustrée de ne pas avoir pu connaître les expériences amoureuses de ses compagnons de galère, intervint :

— Ce que tu décris me semble inaccessible mais je suis contente de te retrouver dans ces propos qui me semblent toujours un peu invraisemblables au premier abord. Comment expliques-tu alors tous ces comportements obscènes de ces hommes qui m'ont utilisée et niée ?

— Malheureusement, expliqua Gabri, des courants de pensées, des habitudes culturelles ont dénaturé la sacralité de la sexualité. Ces idéologies rigides craignaient de perdre le pouvoir en acceptant le mouvement du changement et de l'évolution qui résulte d'une sexualité saine. Toutes les doctrines qui veulent affaiblir la personnalité, écraser la créativité et nier la liberté considèrent la sexualité comme dangereuse, honteuse et provoquent ainsi les déviations qui détruisent les dimensions les plus nobles de l'être. Ces violeurs, dont tu parles, privés, dès l'enfance, de cette dimension réelle de la sexualité par leur éducation, leur religion ou leur culture, n'ont pas eu accès à cette vraie vision de l'union et se sont cristallisés sur un plaisir uniquement physique, solitaire et honteux qui les a tirés vers le bas à l'opposé de la sexualité sacrée qui tire deux êtres vers le haut. Ils se sont contentés du plaisir primitif sans transformer ce plaisir en émotions d'échanges et de créativité qui permet à l'humain de s'élever. Ils ne connaîtront sans doute jamais cette puissante énergie qui les relie à la partie authentique de leurs êtres. Par la danse, tu as commencé à retrouver cette dimension de la fluidité, de la souplesse et du changement qui sont les caractéristiques de l'acceptation du mouvement de l'énergie qui se transforme en plaisir régénérateur pour le corps et l'esprit.

— Oui, je veux te croire mais, maintenant, c'est trop tard, je vais mourir sans avoir pu connaître cette dimension qui, à t'entendre parler, est essentielle à la vie. Je crains rester, à jamais, une plante sans fleurs.

— Le kathak, intervint Nabu.

— Quoi le kathak ? demanda Jemaya.

— Cette danse pourrait te permettre de retrouver, autrement, ce bouquet de fleurs qui te régénère. Je pense que c'est une autre manière de faire l'amour, sourit le journaliste.

— Si tu le pouvais, aimerais-tu partager ce bouquet de fleurs en créant une école de cette danse indienne ? relança Nabu.

Jemaya conclut rêveuse :

— Si je pouvais effacer mon passé, je ferais danser le monde. J'ai envie de libérer toutes les femmes de leur peur en les faisant danser.

— Même les hommes ? demanda AlmaKala espiègle.

— Oui, peut-être, mais différemment !

— Pourquoi, différemment ?

— Parce qu'ils sont différents. Jemaya se surprit elle-même de ne pas utiliser un terme vulgaire pour les définir.

— Ce que tu fais ici avec nous, Gabri, t'autorise-t-il à connaître l'amour autrement ? demanda Crystia.

— Oui. Comme on peut faire l'amour sans Amour, on peut Aimer intensément sans faire l'amour. C'est ce qui est à votre portée aujourd'hui et mon choix de vie. J'ai rencontré lors de mes voyages, des hommes et des femmes, qui n'ont jamais connu la sexualité et qui rayonnaient une énergie puissante d'Amour.

C'était extraordinaire, conclut Gabri, le visage illuminé par ces souvenirs.

— Tout cela me paraît trop difficile, poursuivit Jemaya, mais je veux te croire car, jusqu'à maintenant, tu nous as guidés et je désire choisir la confiance sans encore tout comprendre.

— Sois patiente avec toi-même car il est difficile de réécrire de nouvelles croyances et c'est tout le travail que nous faisons tous ici.

— Tous, sauf toi !

— Tu te trompes, écoutez la suite de mon histoire :

Avec un sac au dos, chargé au minimum, je me mis à marcher, marcher, marcher... jusqu'à vouloir rejoindre le bout du monde. Au début, je marchais rapidement sans m'arrêter, poussé par ma colère et tant d'autres émotions que je ne cherchais pas à nommer. Anesthésié par une fatigue infinie, je ne pensais à rien d'autre qu'à avancer vers cet horizon inatteignable. Cette ligne impertinente me narguait en s'éloignant au fur et à mesure que j'avançais.

— Toi, cette force calme, tu n'étais que colère ? Je ne peux le croire ! interrompit Jemaya alors que le récit avait à peine commencé.

— C'est grâce à cette colère que je suis parmi vous, elle m'a permis de me libérer de ce rôle étouffant de la caricature de mon père et m'a fait découvrir mon besoin de retrouver les richesses de ma mère. Je peux vous dire, aujourd'hui, que cette rage était un cadeau mais, alors, ce n'était qu'une boule gigantesque, dure, entêtée, ravageuse et incontrôlable qui me possédait et me harcelait.

Cette période me paraît floue. Je me souviens seulement de cette forêt impressionnante dans laquelle j'eus envie de me fondre avec l'humus et de disparaître à tout jamais.

— Heureusement que tu ne l'as pas fait, s'exclama Geb, arrêté dans son élan par le regard foudroyant du groupe.

Des douleurs insupportables aux pieds me forcèrent à ralentir et à m'arrêter chez des inconnus qui me parlaient dans un lan-

gage incompréhensible. Je compris à leur comportement qu'ils m'exprimaient du respect et leur joie de m'accueillir. C'est bien en vain que je m'efforçais de leur expliquer que je ne méritais pas leur admiration.

Je commençais à m'installer de plus en plus longtemps chez mes hôtes. Leur gentillesse discrète me permettait de supporter mieux cette énorme boule de rage qui ne me laissait aucun répit. Elle se jouait de moi et me tyrannisait. Je la sentais tantôt dans ma gorge, tantôt dans mon ventre et, souvent, elle avait la cruauté de rétrécir mon thorax jusqu'à m'en couper le souffle. À certains moments, je devenais cette boule et à d'autres, elle m'écrasait de tout son poids. Terrassé par la fatigue, j'acceptai, enfin, de rester des mois chez un peuple qui me permit de découvrir l'art du mouvement lent. Au début, cette lenteur m'énervait. Je fulminais intérieurement mais mon maître, nommé Enki, restait impassible et continuait à m'accompagner dans l'initiation de cette rythmique freinée.

Je m'interrogeais sur la différence des traits de nos visages : les siens, détendus, rayonnaient d'une lumière irisée tandis que les miens avaient volé à un rocher ses arêtes abruptes et sa couleur terne et grisâtre. Ce fut l'envie de lui dérober cette lueur mystérieuse qui me convainquit d'abandonner cette course en avant qui ne m'apportait aucun soulagement.

Ces arabesques eurent, je ne sais après combien de temps, raison de moi et, c'est alors que ma boule commença à se fragiliser et à perdre quelques morceaux. Au début, ce fut imperceptible mais cela me permit de comprendre que, peut-être, je découvrirais cette lueur tant convoitée en sortant de ce tunnel interminable. Je réalisais qu'il était inutile de m'acharner sur cette boule comme je l'avais fait jusqu'alors car plus je m'efforçais de la faire disparaître, plus elle se consolidait. C'était tout simplement diabolique.

Je retrouvais Enki, tous les matins à l'aube, au bord d'une rivière et quand une branche passait, véhiculée par cette eau vive, je la transformais mentalement en un radeau chargé de quelques parcelles de colère. Un matin, en attendant mon maître, je regardais l'eau couler et sentis des larmes discrètes et silencieuses glisser sur ma joue puis laisser un goût salé sur mes lèvres. Elles ne m'avaient aucunement prévenu par des pensées particulières et encore moins demandé la permission de sortir. C'était moi et pas moi en même temps, c'était étrange mais doux et libérateur. Je ne pus nommer ces larmes mais c'était sans importance. Je devais accepter avec patience de lâcher un fragment d'émotion à la fois.

— Un pas à la fois, comme pour résoudre la construction de mon avion, pensa à haute voix Myke.

— Exactement, sourit Gabri.

Un matin, à l'entrée de ma cabane, je trouvai des vêtements chauds et un sac à dos rempli de victuailles : riz pillé, viande séchée, thé, beurre rance et quelques objets de première nécessité. Une carte m'indiquait un chemin sinueux qui me conduirait au sommet d'un pic enneigé. Je me mis immédiatement en route, pensant rejoindre au plus tôt mon maître qui m'avait sûrement devancé. Au gré de mon escalade, je compris que j'étais seul et que cette carte était son cadeau d'adieu. Cela lui ressemblait tellement que je me surpris à sourire avec, déjà, de la nostalgie. Je l'imaginais fier de sa « plaisanterie » ! La prise de conscience d'être au milieu de nulle part figea mon sourire. J'étais perdu dans le rien, ne sachant plus d'où je venais ni où j'allais. Mon enthousiasme chuta en même temps que le rythme de mon escalade et se métamorphosa en une peur incontrôlable face à cette solitude écrasante et ce silence assourdissant. Le froid me harcelait. Transi, je ne pouvais pas faire un pas de plus et c'est ainsi que je m'arrêtai sur une corniche étroite pour me préparer un thé agrémenté de beurre rance et pour m'habituer à l'idée d'être seul. Plaqué contre la roche afin d'empêcher la partie de moi-même, attirée par le néant, de partir sans moi dans le gouffre sans fond, je m'efforçais de réunir, sans quitter la paroi, les brindilles qui étaient à portée de mes mains engourdies.

Instinctivement, les prisonniers écrasèrent leur dos contre la paroi du mur.

Je fus obligé de m'accroupir pour allumer le feu et y mettre la marmite cabossée, cadeau d'Enki, pour préparer le premier thé d'une longue série. L'espoir de trouver là-haut une cabane chauffée et une personne cordiale pour m'accueillir me permit de reprendre le sentier de plus en plus raide. Je pouvais compter sur la prévoyance généreuse de mon maître qui avait probablement tout planifié.

Il n'en était rien !

Après plusieurs jours de marche et de nuits, abrité dans des excavations de rochers, les pieds et les mains écorchés par les arêtes effilées des rocs auxquels je m'agrippais pour ne pas glisser dans des ravins redoutables, j'arrivai finalement à la croix indiquée sur la carte. Un vaste plateau, avec une vue imprenable sur des montagnes qui badinaient avec les couleurs pastel et les bancs de brume de ce panorama gigantesque, m'accueillit. Un épais tapis de neige me semblait plus hospitalier que les blocs de glace que j'avais dû franchir.

Je mis un certain temps avant d'apercevoir cette statue humaine immobile sur le bord d'une crevasse. Cachectique, il était l'inverse de mon maître Enki. Il ne broncha pas à mon arrivée et je me résolus à m'installer dans une caverne qui semblait avoir hébergé d'autres ermites : il y avait encore des bouts de bois à moitié calcinés et un tapis de brindilles qui devait servir de couchage. Pour me remonter le moral, je fis fondre de la neige pour faire du thé que je comptais partager avec mon voisin de caverne. Il ne répondit pas à mon invitation et resta immobile jusqu'au coucher du soleil.

Sans un mot, il déposa à l'entrée de mon refuge un morceau de fromage et un autre de viande séchée en guise de bienvenue.

Je le surnommai Sanmo et n'entendis jamais un mot de sa part. De temps à autre, il m'arrivait de lui parler comme les enfants causent à leur doudou pour se rassurer. Je compris rapidement que notre relation se réduirait à un apprentissage d'imitation et d'observation de sa discipline de méditation, de ses sonorités étranges imputables à des techniques de respiration que je décodais graduellement. Ma seule vraie compagnie fut celle d'un yak qui se laissait traire avec patience. Il nous permettait de faire du fromage pour agrémenter le riz pilé et nous prodiguait généreusement sa bouse qui nous servait de combustible.

Je rentrai dans une période hors du temps et de l'espace. Je découvris la magie de l'immobilité qui me libérait de mon corps et continuait à fragiliser cette boule qui avait changé de nature : elle avait décidé de se nommer « rancœur » et se teintait d'une couleur de haine envers ce père qui m'avait volé cette tendresse maternelle, élixir de croissance. C'est avec désespoir que je compris que cette boule avait plusieurs nuances dont la couleur de culpabilité de ne pas avoir été capable de « regarder » la réalité de ce qui se déroulait sous mes yeux.

— Tu étais trop jeune pour comprendre, c'est normal que tu aies voulu ressembler à ton père, il te permettait d'exister. Ta maman a voulu respecter ce besoin, coupa Crystia qui semblait se parler à elle-même.

C'est ce que je compris au fur et à mesure que ma respiration se faisait de plus en plus ample : j'inspirais en me remplissant de ce spectacle grandiose et j'expirais ces particules toxiques, comme vous l'a suggéré Jemaya. Laisser ce poison se diluer dans ces montagnes enneigées qui ne se souillaient pas au contact de cet écoulement sombre, me semblait le vrai miracle. Ces étranges vibrations de ma respiration fragilisaient cette rancune et les longues méditations m'ouvrirent un passage très étroit vers une pensée, excessivement hésitante, de la possibilité d'un pardon similaire pour moi et mon père. Le noyau de ma rancœur était résistant et ma bonne volonté insuffisante. Je décidai de lâcher tout acharnement pour accueillir une semence de confiance chaleureuse qui germait dans cet endroit glacial.

Le panorama était tellement beau que je restais immobile de peur d'en perdre une miette. J'avais souvent l'impression de perdre un moment magique de la beauté de la chaîne de montagnes en me plongeant dans le ciel étoilé et de ressentir la même frustration en craignant d'effacer une respiration des étoiles en admirant la noblesse des montagnes. J'arrivais à abandonner ce malaise quand je devenais ce tout comme ce tout devenait moi. J'aimais cette nouvelle vie de silence et de solitude, devenue une drogue essentielle à ma survie, et c'est à ce moment d'équilibre avec mon environnement exceptionnel que je trouvai le même morceau de fromage à l'entrée de ma caverne avec une nouvelle carte m'indiquant une vallée située sur l'autre versant de la montagne. Mon hésitation fut de brève durée après que j'eus fait l'inventaire du peu de vivres qui me restait, sachant qu'en aucun cas, je pourrais compter sur l'aide de mon voisin. Je lui laissai un paquet de riz pilé en signe de reconnaissance pour ses rudes leçons d'isolement et d'autonomie et je fis une dernière traite du yak pour agrémenter mon thé de lait. Je me mis en route et constatai que la descente se révélait plus périlleuse que la montée. Les pentes raides glissantes m'ont plus d'une fois surpris et obligé à descendre plus vite que prévu ! Les bretelles de mon sac à dos rouvrirent rapidement les cicatrices laissées par les cisaillements de la montée.

Je fus accueilli par les villageois de la vallée qui m'ont chauffé, soigné et nourri.

Merci de m'avoir permis de revivre ces émotions intenses.

Sur ces mots, Gabri se leva.

— Pas si vite, l'arrêta Nabu.

Gabri, encore ému par ses souvenirs, peina à reprendre son rôle de guide. Le groupe attendait patiemment son parachutage.

— Je voudrais mieux comprendre, pour mon papier de demain, la différence entre une colère constructive et une colère destructrice.

— Il n'y a pas d'émotions bonnes ou mauvaises. La colère n'est pas négative en soi car elle vous avertit qu'un de vos besoins n'est pas satisfait. Dans mon cas, c'était le besoin d'aimer ma mère qui m'avait été volé. Pour utiliser l'énergie de cette colère et la transformer en richesse de changement, j'avais besoin de la comprendre et de poursuivre le cheminement que vous allez découvrir tout au long de mon histoire. La colère devient néfaste quand vous la bloquez et que toute son énergie s'accumule pour exploser en rage, en honte ou en culpabilité, ce qui empêche un possible rebondissement. C'est ce qui m'est arrivé lors de la découverte des cahiers de ma mère.

Sur ces mots, il sortit. Myke en profita pour annoncer à la ronde que c'était son tour de les recevoir.

Jemaya se rendit à la bibliothèque pour se recentrer sur la découverte du kathak. Myke avec sa démarche dégingandée eut envie de la suivre et se permit un aparté :

— Je te vois cachée sous un voile de colère, j'ai envie de le soulever complètement pour te découvrir. Aujourd'hui, tu nous en as soulevé qu'un pan.

Jemaya le regarda interloquée, comment ce rustre avait-il pu « pondre » cette expression presque poétique ? Pour se protéger, elle ne trouva rien de mieux que de lui rétorquer avec une pointe d'ironie :

— Tu as lu cela dans un livre de la bibliothèque ?

— Non, je l'ai lu dans la bibliothèque de mon cœur.

Sans un mot de plus, Myke s'éloigna en laissant la prisonnière désarçonnée. Elle secoua sa chevelure avec un étrange mouvement de vibration comme un chien qui sort de l'eau : un mouvement tellement rapide qu'il est difficile de comprendre s'il part de la tête ou de la queue.

LA PORTE JAUNE

La porte de Myke était entrouverte. En fait, il était le seul prisonnier à ne pas s'enfermer dans son espace, il gardait cette vieille habitude du temps où il voulait se convaincre que quelqu'un entrerait pour l'accompagner et le soutenir. D'un simple geste de la tête, il invita les détenus dans son « hangar ». Les haubans et l'hélice rutilante donnaient à l'avion une allure de grand jouet.

Geb tourna autour du biplan en appuyant fortement sur chaque élément, il termina son contrôle en s'exclament admiratif :

— Ça, c'est du solide, mon petit gars… Bravo ! Ce compliment alla droit au cœur de Myke. Il attendait cette reconnaissance depuis sa tendre enfance et c'est à ce moment précis, qu'il se sentit, enfin, exister par lui-même.

Jemaya, encore troublée par sa brusquerie à son égard, appuya sa main sur son bras. Le maître d'œuvre accueillit son excuse tacite et commença la visite guidée de son joyau avec une compétence inattendue et une assurance surprenante. Il avait tellement lu et relu le mode d'emploi qu'il avait assimilé et intégré ce vocabulaire particulier et c'est la raison pour laquelle il parlait, avec tant d'aisance, de ses nouvelles connaissances. Les leur transmettre lui permettait de consolider ses acquis.

— Regardez les doubles ailes du biplan : elles sont énormes et cette surface alaire importante facilite la portance, la condition indispensable au vol.

L'expression interrogative du groupe incita Myke à donner les explications qu'il avait lui-même cherchées patiemment :

— La portance est la force qui permet aux oiseaux et aux avions de s'élever, de flotter, de voler. C'est la force d'élévation provoquée par la vitesse qui diminue la pression au-dessus de l'aile. Par ce fait, il y a plus de pression sous l'aile qu'au-dessus et cette différence de pression crée une force ascensionnelle. L'avion est littéralement aspiré vers le ciel.

— Ton explication est trop technique pour moi. Je voudrais simplement comprendre comment les oiseaux et les avions se maintiennent dans l'air sans tomber ? demanda Tara.

Nabu arracha une feuille de son bloc-notes et la laissa choir.

— Tu vois elle tombe, s'exclama Tara, c'est bien ce que je pensais !

— C'est la pomme de Newton, expliqua Crystia, et avant de laisser la possibilité à Geb de soupirer, elle continua, on raconte qu'Isaac Newton, un scientifique anglais pluridisciplinaire du XVIIe siècle, recevant une pomme sur la tête, a élaboré la théorie de la gravitation, cette force d'attraction terrestre qui nous maintient au sol, responsable de la chute des corps.

— C'est vrai que mes pommes tombent dès qu'elles se détachent de l'arbre ! fit Geb.

Myke prit un papier qu'il chiffonna en boule et le jeta en l'air. La boule atterrit au pied de Geb et Myke, rieur, déclara :

— Voilà ta pomme, Geb. Elle n'a pas d'ailes et donc pas de portance ! Le prisonnier tentait, avec constance, de remettre le phénomène de portance à l'honneur. Il l'avait tellement étudié qu'il ne voulait pas le lâcher.

— Attends, Myke, je vais t'aider, proposa Nabu. Il ramassa la feuille et commença à souffler de plus en plus fort. La feuille se souleva dans les airs sous les regards ébahis des prisonniers.

Nabu commenta sa démonstration :

— Mon souffle a exercé une force de vitesse sur le haut de la feuille supérieure à son poids et donc, sa légèreté lui a permis de s'envoler comme les feuilles dans le vent d'automne. C'est le phénomène de portance que Myke nous a si bien expliqué.

La collaboration de Nabu permit à Myke de réaliser l'importance et la valeur de son étude. Ce fut, pour lui, un moment précieux de complicité qu'il voulut prolonger en saisissant une autre feuille de papier qu'il plia en avion puis le lança en l'air. L'avion voltigea au-dessus des têtes des spectateurs leur restituant une étincelle de leur enfance.

— À l'école, je me souviens que, pour faire voler le plus longtemps possible nos avions de papier, il fallait leur faire prendre de la vitesse, j'étais devenu le meilleur ! se vanta Geb.

— Exactement, grâce à la vitesse du souffle, on diminue la pression au-dessus de l'aile. L'avion décolle lorsque sa vitesse est assez forte pour créer cette différence de pression, insista Myke de plus en plus sûr de lui.

— Je trouve cela très compliqué, c'est vraiment un langage de mec, je préfère la comparaison des feuilles d'automne, fit Tara.

— « La portance est une fleur qui naît de la vitesse », déclamait le capitaine Ferbert, un pionnier de l'aviation, fit Myke.

— C'est joli, admit Tara.

— Oui, c'est vrai, c'est poétique mais en as-tu compris la signification ? demanda Nabu, les sourcils en accent circonflexe.

— J'ai compris que pour voler nous avons besoin d'ailes et que c'est la légèreté du dessus des ailes provoquée par la vitesse qui les attire vers le haut, scanda Tara.

— Bravo, tu as tout compris !

— Les voitures vont vite et pourtant elles ne décollent pas ! ria Geb.

— Les voitures avec des ailes s'appellent des avions !

— Le phénomène de portance est-il comparable également au phénomène de lévitation ? La lévitation est-elle due à une attirance vers le haut ? Quand tu étais sur le pic de la montagne as-tu vu Sanmo léviter ? demanda Nabu en rafale sans laisser le temps à Gabri de répondre à une question à la fois.

— Une ou deux fois, j'ai cru le voir en lévitation mais je ne savais pas si c'était un mirage ou s'il flottait réellement.

— Tu aurais pu passer un bâton sous son corps pour t'en assurer !

— J'y ai pensé, mais une sorte de respect m'a bloqué et, tout compte fait, je préfère rester dans ce mystère. Actuellement, le phénomène de lévitation n'a aucune explication scientifique mais de nombreux témoignages le décrivent et confirment son existence. Je pense que ce phénomène fait partie des nombreuses questions qui trouveront une réponse grâce à l'évolution constante des recherches sur le potentiel du cerveau. Il est probable que la science nous réserve de nombreuses surprises et nous dévoilera d'innombrables mystères.

Myke, en enlevant des poussières invisibles sur l'aile de son biplan, éleva la voix pour remettre son avion au centre de la discussion :

— Je désire insister sur la similitude des ailes avec celles de l'oiseau migrateur : elles garantissent à mon avion stabilité et vitesse tout en consommant un minimum de carburant car, comme son modèle, il utilise les couloirs d'air pour voler.

— Tu me permets d'ajouter, intervint Nabu, que de nombreuses prouesses techniques sont des « copier-coller » des caractéristiques mécaniques des animaux.

Myke fut ravi de lui répondre :

— C’est exact et c’est la raison pour laquelle il existe de nombreuses études sur la forme des ailes des oiseaux afin de comprendre les différentes possibilités pour permettre à un avion de voler avec moins de carburant et, par conséquence, moins de pollution.

— Où as-tu appris tout cela ? s’étonna Nabu.

— Tu ne l’as peut-être pas remarqué, car tu es toujours le nez dans tes livres, mais je venais souvent à la bibliothèque ! lui répondit fièrement Myke.

— Saviez-vous, intervint Crystia, que plus les ailes des oiseaux sont grandes, moins ils doivent faire d’efforts pour rester en vol comme, par exemple, les cigognes qui prennent leur envol de quelques battements d’ailes. Par contre, les colibris qui ont des ailes très courtes peuvent aller jusqu’à 80 mouvements d’ailes par seconde pour obtenir la vitesse suffisante pour prendre leur envol. Devinant le regard étonné du groupe, Crystia ajouta, comme pour s’excuser, depuis mon enfance j’ai toujours été passionnée par les animaux et tout spécialement par les oiseaux.

— Gabri, je vois tes yeux briller d’une lueur que nous commençons à connaître, je pense que tu as envie de nous faire partager ta pensée, observa Alma-Kala.

— Vas-y, on t’écoute ! s’exclama Geb avec bonhomie.

— Je pourrais comparer le phénomène de portance au courage de la confiance qui permet de prendre l’envol quand, comme Myke, vous transformez le « je voudrais en je veux », le « je pourrais en je peux ». C’est la légèreté ressentie après l’abandon de la peur de se tromper qui a permis à Myke de décoller et de réaliser ce rêve qui lui paraissait fou au premier abord. Trop de personnes ne réalisent pas leurs rêves car elles craignent de faire un choix et d’assumer le risque de se tromper.

— Oui, mais comment faire pour être sûr de ne pas se tromper ? interrogea Jemaya.

— Il est impossible de le savoir à l'avance car tu n'as pas connaissance de tous les éléments qui peuvent survenir au fil de l'avancée de ton projet, mais ce qui est essentiel, c'est d'avancer tout en sachant que tu peux t'arrêter ou changer de route en cas d'erreur ou de contingences qui te forcent à changer de cap.

— Comme pour l'itinéraire de mon avion, quand je choisis un certain trajet et qu'un violent orage s'annonce, je retourne en arrière ou change de route après avoir vérifié mes réserves de carburant, fit Myke.

— À t'entendre, on a l'impression que tu as volé toute ta vie, s'exclama Tara.

— En construisant mon avion, j'ai pas mal voyagé ! répondit Myke, énigmatique.

— Je considère prudent, avant de se lancer dans un projet important, d'en étudier, avec soin, les risques et les difficultés et de repérer si le résultat a des chances d'être conforme à ce que l'on désire vraiment, intervint Crystia, se rappelant un des principes essentiels de la recherche en laboratoire.

— Tu as tout à fait raison : un projet important ou un changement de vie doit être préparé avec soin afin de parer le plus possible aux difficultés mais, ce n'est pas toujours possible car, il peut arriver des événements imprévisibles qui te forcent à changer de vie sans que tu aies pu t'y préparer. Dans ce cas, c'est la confiance du courage qui te permet d'avancer en surmontant, au fur et à mesure, les difficultés qui se présentent. Te concentrer sur chaque pas, te donne les informations et l'énergie pour faire le pas suivant. C'est cela le courage de la confiance, insista Gabri en élevant la voix.

— Quand un événement inattendu survient, tu peux être pris d'une peur paralysante qui t'empêche de bouger et, comme tu dis, de t'installer dans chaque pas, intervint Alma-Kala.

— La peur est une richesse quand elle nous permet de nous protéger d'un péril réel, elle devient néfaste quand elle nous bloque en face d'un danger que nous pourrions surmonter grâce au courage. La peur devient angoisse quand elle survient sans un problème réel ou en prévision d'un problème qui pourrait survenir. Dans ce dernier cas, comme le problème n'existe pas ou pas encore, il n'y a pas de solutions possibles et donc seul le courage de la confiance permet d'avancer.

— Je trouve qu'il est sage de prévoir les problèmes, insista Crystia.

— Je suis d'accord avec toi : il reste sage de prévoir des alternatives mais, il est impossible de tout contrôler, raison pour laquelle il faut accepter de prendre, parfois, un risque raisonnable pour progresser.

— Peux-tu nous donner un exemple ?

— Lors de mon ascension sur la falaise de la montagne, la peur m'a averti que je devais frôler le rocher pour ne pas être attiré par le vide, le courage m'a permis de poursuivre le raidillon en prenant les précautions nécessaires. Si j'étais retourné sur mes pas, non seulement j'aurais perdu les immenses richesses accumulées dans la suite de mon périple mais, surtout, je me serais senti amoindri et dépressif comme Myke lorsqu'il était paralysé devant les difficultés du montage de son avion. Ce biplan est la preuve qu'il a été capable de persévérer dans ce rêve qui lui paraissait complètement fou quand il l'a choisi.

— C'est vrai Myke, tu n'y croyais pas ? demanda Jemaya.

— Non, pas du tout. Au début, je voulais simplement provoquer Gabri par ce projet qui me paraissait irréalisable et c'est seulement ensuite que j'ai pris conscience que j'en avais réellement envie. J'ai eu d'énormes difficultés à commencer, doutant de mes capacités, mais, dès que je me suis lancé, j'ai découvert que chaque montage amenait le suivant. Le condamné continua des étoiles dans les yeux, c'était magique et enthousiasmant. Je n'avais jamais vécu cela. Et maintenant, c'est une passion qui me bouleverse ! Je me souviens que, lorsque je voulais tout abandonner, je me sentais paralysé par la peur de découvrir qu'encore une nouvelle fois, j'étais incapable de réussir un objectif. Des crampes à l'estomac ne me laissaient alors aucun répit et firent leurs valises lors de la reprise de mon projet.

Les prisonniers observaient Myke avec respect. Adossé à son engin, il semblait un de ses pilotes du début de l'aviation, photographié en noir et blanc devant leur zinc, avant un de leurs départs légendaires.

— Je remarque que tu t'exprimes différemment : je te sens devenir… un chef, cela me fait tout drôle, constata Tara.

— La boussole a une place d'honneur, continua Myke en rougissant légèrement. Il refusait d'admettre son changement qui le troublait et lui faisait perdre ses points de repères de « nullité » ancrés depuis son enfance. Peur de l'inconnu, il peinait à assumer, sans faiblir, cette dimension exigeante d'assurance et de confiance.

Nabu devina son malaise et l'encouragea à rebondir :

— Insiste sur la boussole, elle est essentielle et existe depuis les phéniciens qui la nommaient la rose des vents car les marins trouvaient leur route grâce à la direction des vents. Elle est une figure indiquant les points cardinaux : nord, sud, est, ouest

Myke, la main posée sur la direction, reprit :

— C'est le manche à balai qui change la direction de l'avion pour garder la route indiquée par la boussole.

— C'est exactement comme pour nous, intervint Gabri.

— Comment, comme pour nous ? s'enquit Alma-Kala.

— La boussole de nos émotions nous guide sur le meilleur choix de la direction à prendre lorsque nous sommes immobilisés dans le brouillard de nos incertitudes, perdus dans l'immensité de nos peurs. C'est à ces moments-là que nous avons besoin de connaître la direction des vents de nos sensations agréables, neutres ou désagréables, et, comme pour la rose des vents, il est essentiel de se focaliser sur toutes les nuances intermédiaires afin de retrouver le cap.

— Sois plus explicite, car je me sens complètement larguée, intervint Jemaya, et pourtant en terme de sensations, je commence à en connaître un max !

— Lorsque tu te sens bien, en harmonie avec ton être, tu navigues dans la direction qui convient à ce passage de ta vie. Gabri s'adressa à tous :

— Rappelez-vous cette sensation de bien-être ressentie lors du choix et de la réalisation de votre projet. Lorsque vous étiez dans l'immobilisme, terrassés par vos doutes, par le souvenir de vos crimes et par vos sentiments de culpabilité, votre boussole intérieure était désaxée avec cette sensation horrible de néant et de nullité. C'est alors que seule une volonté soutenue par la confiance vous a permis de reprendre votre liberté d'exister. Malgré votre condamnation à mort, vous avez accepté de reprendre possession du manche à balai de la direction de votre vie afin de profiter et de valoriser ce temps concédé, par les autorités, pour réaliser ce projet.

— C'est **toi** qui as eu cette volonté et cette confiance, moi je serais resté couché jusqu'à la fin ! reconnut Myke.

— Oui, c'est la raison de l'importance du soutien de la tour de contrôle quand la boussole est bloquée par un champ magnétique. Demander de l'aide dans ces cas-là est primordial comme vous avez pu le constater durant nos réunions.

— Il n'y a pas des « Gabri » partout ! s'exclama Crystia.

— En effet, tu dois, parfois, le chercher en toi mais je reconnais que c'est un processus beaucoup plus lent et difficile, voire impossible, quand ce « Gabri intérieur » a été étouffé trop longtemps. Je puis vous assurer que, grâce à la confiance, vous trouverez ce soutien au gré d'une rencontre avec une personne ou un écrit qui vous semblera, à ce moment-là, une coïncidence heureuse.

— Penses-tu que ce hasard existe toujours ? fit Crystia, dubitative.

— J'en suis persuadé car, tout au long de mon périple, il ne m'a jamais fait défaut. Il faut y croire pour pouvoir l'accueillir car il s'amuse à se cacher derrière des circonstances des plus insolites.

Jemaya sortit de sa réflexion pour interroger Gabri à son tour :

— On ne peut quand même pas se concentrer tout le temps sur nos sensations, on se replierait complètement sur soi. Depuis le début, tu nous encourages à regarder autour de nous et à tenir compte des autres.

— Tu as raison ! Myke, peux-tu, s'il te plaît, nous parler du pilotage automatique ?

— Volontiers. Lors d'un vol, si la météo est calme et que l'avion se comporte normalement, je peux mettre le pilotage automatique ; regarder le paysage et me détendre. Dès qu'un nuage menaçant apparaît, je reprends immédiatement le contrôle de l'avion pour parer à d'éventuelles difficultés et surmonter le danger.

— As-tu saisi la comparaison ?

— Je préfère que tu nous l'expliques, répondit Jemaya, prudente.

— Dans des conditions normales, tu peux tranquillement te mettre sur pilotage automatique car tes sensations commandent automatiquement tes actions et te permettent de t'intéresser à ton environnement. Si des conditions particulièrement inattendues sollicitent ton attention sur la boussole de tes émotions, en ce cas, il est nécessaire de reprendre le contrôle afin de prendre les mesures adéquates te permettant de sortir de l'impasse.

— Merci, je pense qu'il me faudra du temps pour intégrer ce nouvel outil ! fit Jemaya en guise de conclusion, et s'adressant à Myke, peux-tu continuer les explications passionnantes de ton engin ?

— Ok, je vais vous faire une démonstration.

Le pilote, tout en concentration, tenait le manche à balai comme prêt pour un atterrissage difficile. Il fut interrompu dans sa manœuvre par Tara qui pointait son doigt sur des plaques brillantes qui recouvraient les ailes.

— C'est une décoration ?

— Ce sont des panneaux solaires. J'ai hésité longtemps, pour choisir mon troisième matériel, entre un simulateur de vol et ces panneaux.

— C'était chouette un simulateur de vol, tu aurais pu te divertir dès maintenant, s'étonna Jemaya.

— Tu as raison, mais, après mûre réflexion, je suis arrivé à la conclusion que je préférais donner à mon avion plusieurs possibilités d'apport d'énergie pour pouvoir voler très loin. La décision a été particulièrement difficile, car comme vous le savez tous, faire un choix oblige toujours à un renoncement, soupira Myke.

Jemaya se mordit la langue pour s'empêcher de lui rappeler qu'ils n'en avaient plus pour longtemps et qu'il aurait été préférable de profiter, dès maintenant, du simulateur.

— Vous voyez, là, j'ai un réservoir de réserve de carburant qui ne servira que si je n'ai pas assez de lumière pour recharger mes batteries reliées aux panneaux solaires.

— Pour nous aussi, il est primordial d'avoir de nombreuses sources d'énergie afin de pouvoir suppléer les sources qui se tarissent, dit Gabri qui profitait de chaque métaphore possible pour reprendre son rôle de guide.

Tout le groupe s'était transformé en point d'interrogation.

— Attends, il faut que tu nous en dises plus car pour toi tout paraît simple mais nous en sommes encore aux balbutiements avec tes théories ! intervint Nabu.

— Je vous donne un exemple : si un homme est amoindri dans son corps par la maladie ou tout simplement par son grand âge, pour pouvoir encore vivre intensément, il peut puiser dans ses réserves d'émotions, d'amour ou de créativité nourries par ses expériences de vie.

— Oui, mais cela signifie que, durant sa vie, il a su remplir ses réservoirs d'émotions et d'amour, s'exclama Myke.

— Tu as résumé parfaitement la conclusion de mon intervention. Durant notre vie, il est essentiel de nourrir toutes les sources d'énergies pour pouvoir en remplacer une par une autre quand cette dernière est tarie comme je vous l'expliquais à propos de l'enseignement.

— Ne serait-ce pas plus simple d'avoir une grande réserve de carburant plutôt que de devoir t'inquiéter des autres sources d'énergies qui pourraient te faire défaut ? interrogea Jemaya.

Nabu s'interposa immédiatement car l'occasion était trop belle pour développer ce sujet primordial qui lui permettait de faire revivre son père.

— C'est malheureusement ce raisonnement de tout miser sur les ressources du pétrole qui a rendu les peuples dépendants d'une richesse qui n'existe que dans certaines régions et, de ce fait, il provoque convoitises, dépendances, manipulations et guerres. En plus, la combustion du pétrole est, en partie, responsable de la dégradation du climat et de la Terre.

— On ne peut retourner en arrière comme le voulait Geb avec son jardin, s'anima Jemaya.

— Que proposait ton père ? demanda Alma-Kala.

— De s'unir afin d'utiliser, avec sagesse, toutes les nouvelles avancées de la science pour replacer la vie de chaque homme à un niveau de bien-être et de partage équilibré. Mon père passait des nuits entières à chercher ce genre de solution, déclara Nabu.

— Sa proposition paraît complètement utopique, intervint Crystia.

— Il en était conscient mais il continuait à affirmer que si les hommes souhaitaient devenir des adultes et sauver la Terre, ils devaient respecter ce qu'il nommait le respect des « 3C » : le corps, le cerveau et le cœur. Pour conserver sa qualité de vie, l'être humain doit respecter son corps par une hygiène de vie constante, nourrir son cerveau par une curiosité sans relâche et combler son cœur par une attention constante aux autres. Pour protéger la vie de la planète c'est identique : il faut préserver le patrimoine du corps de la Terre par la protection des richesses de la nature, nourrir le progrès pour améliorer la qualité de vie et tendre continuellement à effacer les inégalités qui existent actuellement chez les hommes entre le trop et le trop peu. Toutes les avancées scientifiques doivent être utilisées « en adulte » et non comme des enfants pour jouer aux apprentis sorciers ou comme des adolescents qui ne pensent qu'à leurs plaisirs immédiats et à leurs pulsions de vouloir tout, tout de suite au détriment du bénéfice de l'expérience et de la sagesse de leurs aînés.

Myke s'approcha de Nabu pour le soutenir :

— En attendant que les hommes accomplissent ce miracle souhaité par ton père, j'aimerais apporter ma goutte d'eau à ce sauvetage. Tu vois Geb, si je pouvais avoir un avion qui remonterait le temps et me permettrait un retour en arrière, je pourrais, avec mon biplan, transporter tes graines dans les endroits les plus inaccessibles de la Terre ! Cela m'autoriserait ainsi à participer à ton idée folle de transformer le monde en un immense potager et toi Jemaya, je t'accompagnerais aux confins de la Terre pour enseigner la liberté à toutes les femmes.

— Que Dieu t'entende, soupira Geb, qui reproduisait une des expressions chères à son papy, maintes fois entendues dans son enfance.

— C'est vrai qu'à vouloir intensément une chose, on crée parfois inconsciemment les conditions pour l'obtenir, murmura Gabri, plongé dans ses pensées.

Un regard du groupe suffit à Gabri pour reprendre son histoire :

Après ce rude apprentissage de la solitude et du silence dans le glacier, je devais m'habituer à cette nouvelle vie trépidante. Les villageois me surprirent par leur jovialité et leur charisme tellement en contraste avec la personnalité de Sanmo qui m'habitait encore de sa présence sévère et ascétique. Comme ébloui par la lumière intense à la sortie d'un tunnel, j'étais fasciné par ces couleurs chamarrées et cette animation incessante.

Un soir, les anciens m'invitèrent à participer à leur danse insolite. Vêtus de longues robes, ces hommes se mettaient à tourner d'abord très lentement et puis de plus en plus vite, comme des toupies. Les bras, repliés sur eux-mêmes au début, s'ouvraient au rythme de la vitesse de leur tournoiement pour terminer avec un bras tourné vers le ciel et l'autre vers la terre. C'était fascinant. Mon ahurissement fut de courte durée car ils m'invitèrent à entrer dans la danse et il me semblait peu courtois de refuser. Je tournoyai longtemps avant de comprendre que mon centre, tel l'œil du cyclone, restait immobile pendant que mon corps tourbillonnait à vive allure. Étrangement, je ressentis une béatitude similaire à celle éprouvée pendant mes longues heures de méditation passées aux côtés de Sanmo.

J'interrogeai Plaxenon, le chef du village, sur la signification et le but de ces mouvements vertigineux. Il se contenta de me regarder intensément et je devinai un point d'interrogation dans ses yeux pétillants. Il me laissait la responsabilité de la réponse. La solution fut lente à émerger, je lui répondais par bribes de phrases hésitantes. Ce cheminement, tout en lenteur, n'avait pas l'air de le déranger, il restait impassible et attendait. Je reconnus, à haute voix, que ces étranges vibrations de tout mon être, durant cette danse toupie, fragilisaient le noyau de ma rancœur et que l'alternance avec les moments sacrés d'immobilité qui suivaient cette pratique me permettait d'entrevoir un passage très étroit vers une amorce de délivrance pour mon père et moi. J'étais étonné d'associer mon père à cette possibilité de rédemption mais le visage lumineux de Plaxenon confirma cette intuition. Non, ce n'était pas possible, je n'allais pas lâcher aussi facilement ! Je rejetai son consensus silencieux :

— Vous vous rendez compte qu'il m'a privé de ma mère et l'a poussée au suicide, je ne peux abandonner cette colère, ce serait trahir ma mère !

— Ne décide pas pour ta mère. Laisse-lui la liberté de décider de son pardon. Ce n'est pas parce qu'elle est morte que tu dois lui voler sa liberté de choisir.

Sa réponse fut si inattendue que je la remisai dans un coin de ma conscience et le laissai poursuivre :

— La première étape pour te libérer de cette colère qui ne dévaste que toi-même, est de renoncer à cette croyance selon laquelle tu as besoin d'avoir raison pour exister. Abandonne cet orgueil qui te contraint à décider qui a raison et qui a tort. Un jugement impartial qui prend en compte tous les éléments est pratiquement impossible, tous les responsables honnêtes de la justice te le confirmeront. Ne juge pas ton père, cela te permettra de ne pas te juger et de te libérer de cette culpabilité, substance essentielle à ta colère et à ta rancœur. Cette étape surmontée, tu seras capable de franchir avec lui les différentes étapes pour vous pardonner réciproquement.

— Je n'ai aucune intention de le rejoindre ! Rien que l'idée de le voir me donne des envies de meurtre.

— C'est normal, car tu n'as pas encore commencé ton cheminement dans ce sens. Ce travail n'est possible que s'il est fait en parallèle avec le désir de le partager avec ton père.

— Là, je ne vous suis plus du tout. Il est loin et je ne sais même pas s'il est encore vivant.

— Connais-tu l'histoire des singes ? Mon air surpris l'invita à poursuivre, des scientifiques ont appris à des singes, isolés dans une île, à rincer leurs fruits dans la mer avant de les manger. Quelque temps après, les singes des autres îles éloignées ont commencé, eux aussi, à nettoyer leurs fruits avant de les consommer.

— Comment est-ce possible, les singes ne pouvaient pas se voir !

— Justement la seule explication se trouve dans la notion du savoir universel et des canaux invisibles comme ceux de la télépathie : des messages qui circulent de cerveaux en cerveaux comme les ondes de la radio. Ton cheminement peut influencer celui de ton père comme le sien peut t'accompagner.

— Cela me rappelle qu'une de mes disciples m'expliquait qu'elle demandait à son ange gardien de parler à l'ange gardien d'une autre personne et elle m'assurait que cela donnait d'excellents résultats, intervint Tara.

— Effectivement, le concept est identique : agir et communiquer par d'autres canaux que nous ne connaissons pas encore mais que nous devinons par les expériences de plus en plus nombreuses de communications à distance.

— Si ton père était décédé, ce n'était plus possible, considéra Alma-Kala.

— C'était encore accessible car, comme le prétendait Plaxenon, le cheminement du pardon rejoint le tout.

Gabri ne laissa pas le temps aux condamnées de discuter afin de ne pas entraver l'infiltration de ce message essentiel et continua, ignorant leur regard interrogateur :

Régulièrement, j'aidais les villageois dans leurs tâches journalières : je pétrissais le pain, soufflais le verre, battais le fer, poussais la charrue. J'étais à l'aise dans tous ces labeurs mais je sentais que ce n'était pas « mon » activité. Leur langue commençait à m'être familière et je me passionnais pour leur écriture qui s'approchait plus du dessin que des lettres que je connaissais.

Plaxenon me proposa d'accompagner les adolescents pendant leur temps libre et de partager avec eux mes expériences de voyages. Hormis quelques-uns un peu plus intéressés, tous les autres faisaient bloc pour se moquer de moi et refusaient systématiquement les expériences que j'avais glanées avec tant de peine et que je rêvais de partager avec eux. La nuit, je restais éveillé pour essayer de trouver une faille dans laquelle m'engouffrer mais toutes mes tentatives d'approches différentes, de langage original, d'histoires mystérieuses restaient vaines. Découragé, je reconnus mon échec. Je déclarai au chef de village que je ne possédais pas les qualités requises pour cette mission. Épuisé, j'insistais sur la réalité que j'avais tout expérimenté en vain. Je n'étais donc pas à la hauteur de sa confiance.

— Mais que pouvais-tu faire de plus ? demanda Nabu.

— Moi, je leur aurais cassé la figure, intervint Geb.

Plaxenon m'observa longuement avant de répondre :

— Sois toi-même, tu en as trop fait, cela t'a épuisé et tu leur as livré la faille pour te blesser. Je t'invite à aider Naguil... qui s'occupe de la lingerie du village. Je fus soulagé de changer d'activité mais ce contentement fut bref car il continua, avec un sourire amusé, cela te permettra de reprendre tes réunions autrement.

Naguil m'accueillit chaleureusement et m'indiqua une pile de linge et une centrale vapeur étrangement moderne dans ce contexte de vie rudimentaire. Je me serais attendu à trouver ces vieux fers à repasser remplis de braises. Durant toute la journée, je repassai avec enthousiasme, fier de montrer la perfection d'une activité qui m'était jusqu'alors inconnue. En bloquant ma respiration, j'appuyais de toutes mes forces sur le fer afin de dompter ce linge rebelle. J'étais persuadé que mes efforts étaient à l'origine de ce linge empilé impeccablement sur la table basse à ma droite. Le soir, je massais, en vain, mes épaules endolories et je dormais en compagnie d'un perfide mal de tête qui me privait des rêves libérateurs des tensions accumulées durant la journée. Plus fatigué que la veille, les mâchoires en étau, je continuais avec acharnement, persuadé que ces douleurs étaient nécessaires à l'apprentissage. Je dissimulais mon malaise tant bien que mal. Le refus de dévoiler mes difficultés me poussait à rentrer dans la lingerie tel un héros qui décide de sauver sa patrie. (Je compris, ensuite, que cette « patrie » était de l'honneur mal placé !) Le plus frustrant c'est que Naguil ne me faisait aucun compliment sur l'excellence de mon travail. Au fil des jours, je souffrais de plus en plus et je n'avais aucune reconnaissance. C'était un comble. Une après-midi, je me demandais comment j'arriverais à tenir jusqu'au soir quand Naguil m'invita à m'asseoir dans une cabane voisine. Trois personnes repassaient en chantant. Chaque pile de linge était décidément beaucoup plus haute que les miennes et la qualité de travail égalait la mienne.

— Bien sûr, ils avaient l'habitude et le tour de main, voulut le consoler Geb qui sentait sa nuque raide.

Non, l'explication était beaucoup plus simple et Naguil me la donna sans tarder :

— Regarde leurs gestes souples, ils n'impriment aucune force sur le fer, ils laissent la pression de la vapeur défroisser le linge et se contentent de guider le fer sur le tissu. C'était tellement évident ! Il me serra la main en m'avertissant que Plaxenon m'attendait, assis en tailleur, sous son arbre préféré.

— La leçon du fer à repasser t'a-t-elle plu ? ironisa gentiment Plaxenon. J'avais un ami de passage, qui appelait cet art d'utiliser la juste énergie pour chaque action : « eutonie ». J'aurais voulu qu'il m'en dise plus car je désirais creuser la « leçon du fer à repasser » mais il m'invita, sur-le-champ, à reprendre les réunions. Je n'avais pas le choix, je ne pouvais décevoir mes hôtes qui m'accueillaient depuis si longtemps.

La nuit suivante, je rêvai que je ramais à contre-courant sur un fleuve et que je m'obstinais à prétendre que la perfection de ma technique aurait eu raison de ce cours d'eau impertinent. Épuisé, je lâchai les rames et le fleuve me porta dans le sens opposé et j'arrivai dans un endroit mystérieux baigné de lumière. Je m'apprêtais, tout ému, à l'explorer lorsqu'un écran flouté effaça ce songe. À cet instant où le sommeil hésite de céder sa place à l'éveil, je pris conscience de cet orgueil qui me liait inexorablement à mon père. C'est alors que j'entrevis une infime partie de la vérité « Connais-toi toi-même ». Cette expérience du « fer à repasser » me permettait de découvrir mon orgueil à vouloir être considéré comme étant parfait, le meilleur et le maître en tout: exactement ce que je reprochais à mon père... J'intégrai ce que m'avait fait entrevoir Plaxenon durant notre discussion. Je réalisai avec horreur, que j'avais, comme mon père, imposé ma vision et mes connaissances sans tenir compte des adolescents, persuadé que j'avais raison et qu'il fallait que je les éduque ! Cette prise de conscience m'a permis de comprendre que ce que je reprochais le plus à mon père faisait également partie de moi. Il fallait donc me libérer afin de pouvoir libérer mon père.

Je compris le message de Plaxenon: être moi-même, faire confiance à mes richesses représentées par la vapeur du fer et les communiquer avec souplesse en m'adaptant à la diversité de ces jeunes.

Je repris les réunions autrement. J'abandonnai mon acharnement, cause de mon échec, et j'appréhendai le groupe en me permettant l'aisance de la découverte. J'ai appris à les questionner, à m'intéresser à leurs croyances, à partager nos différences et à mettre l'accent sur nos similitudes. Tantôt jovial comme mon maître Enki, tantôt silencieux comme Sanmo, j'ai abandonné mon rôle de professeur « je-sais-tout » pour devenir un chercheur avec eux. Je leur ai parlé de ma boule de colère, de la rancœur et des sentiments de culpabilité. Plusieurs d'entre eux se sentirent touchés par la similitude de leurs sensations et me demandèrent de leur apprendre comment s'en débarrasser. Je partageai avec eux mes expériences libératrices de la marche, des mouvements lents ou rapides et de la méditation. Je leur confiai la joie de chanter avec le vent et le tonnerre, l'euphorie d'écrire un poème avec une plume tombée du ciel et la satisfaction de sculpter une œuvre d'art sur une pierre tendre.

Avec une audace inhabituelle, Myke bloqua Gabri qui s'apprêtait à sortir :

— Je veux en savoir plus sur cette volonté incroyable qui t'a permis de surmonter ces nombreux obstacles. Tu as eu sans doute dû ressentir, plus d'une fois, l'envie de tout plaquer et de retourner en arrière !

— Bien sûr, je me trouvais, comme vous, devant le choix de stagner dans mes difficultés ou d'avancer dans l'obscurité de mes peurs.

— Que veux-tu dire ?

— Que chaque fois que nous sommes en face d'une difficulté, d'un doute, d'un découragement qui nous force à avancer sans connaître le résultat de notre choix et de nos efforts, nous avons la possibilité de renoncer, et donc de rester avec le doute d'avoir perdu une partie de nous-même, ou d'accepter avec audace d'avancer avec confiance et découvrir le résultat qu'il soit favorable ou non.

— Mais s'il est négatif il eut mieux valu ne rien faire ! s'étonna Myke.

— Non, car l'erreur t'enseigne autant de richesses que la réussite. Le pire c'est l'immobilisme qui te fait régresser. Ce sont les expériences échouées des premières réunions et celle du « fer à repasser » qui m'ont permis de prendre conscience de l'existence de mon orgueil semblable à celui que je reprochais à mon père. Ce fut un véritable choc de découvrir ma ressemblance avec l'être que je haïssais le plus et de comprendre que cette partie odieuse de moi-même protégeait ma rage.

— En t'entendant, je réalise à quel point je ressemble à ma mère et cela me bouleverse, s'exclama Crystia, horrifiée.

— Je peux te dire, par expérience, que cette prise de conscience sera le début de ta délivrance. Cet orgueil est comme un tronc d'arbre qui crée un barrage dans une rivière. De nombreuses branches s'y accrochent et l'eau devient stagnante et pourrit. Si tu élimines le tronc en le jetant très loin de l'autre côté de la rivière, le barrage s'écroule et l'eau recommence à couler, emportant progressivement toutes les branches. Il faut du temps pour que la rivière retrouve sa pureté et sa vivacité mais le reste du dégagement se fait progressivement et naturellement. Lâche toutes ces similitudes négatives que tu détestes. Il m'a fallu beaucoup de temps pour y arriver. C'est long et difficile. Lorsque tu penses en être quitte, tu en découvres encore d'autres. Il convient d'être très patient avec toi-même et très respectueux pour ne pas avoir la tentation de tout cadenasser à nouveau. C'est seulement alors que tu te donnes la possibilité de découvrir et faire tiennes les vraies valeurs de ta mère !

— Oui, mais chez moi, j'ai l'impression que ce barrage est en béton armé ! s'exclama Crystia.

— Alors arme-toi d'un marteau-piqueur pour le détruire !

Gabri, encore songeur, sortit en emportant l'image des yeux dilatés et de la bouche béante de stupeur de Crystia. Cette dernière cogita un long moment avant d'inviter, à son tour, les prisonniers à sa « porte ouverte ».

LA PORTE VERTE

Crystia donnait un dernier coup de chiffon à son alambic pour tromper l'attente. Peu habituée à se dévoiler, elle ressentait une certaine appréhension à l'idée d'explorer le pays du partage. Avec un soupçon de gêne, les prisonniers frappèrent à sa porte. Crystia ouvrit, le chiffon encore à la main. Ce portrait insolite de la scientifique dédramatisa, sur-le-champ, l'ambiance du laboratoire. Tara pensa, malgré elle, que cela l'aurait amusée de la dessiner avec un foulard sur la tête genre mamy du film Autant en emporte le vent… Cette image furtive lui permit de percer une caractéristique de la nouvelle Crystia.

L'espace était empli d'ampoules de différentes formes reliées entre elles par de longs tubes de calibres différents. Tout le système était en verre et cette transparence ajoutait de la magie à cette atmosphère impressionnante.

Tara, émue, s'exclama en joignant les mains :

— C'est tellement beau ! Cela me rappelle le laboratoire que j'avais visité en cachette en passant par le soupirail de la cave de la fabrique de parfum de ma ville. C'est l'odeur des fleurs amassées dans la réserve qui avait attiré mon attention. À l'étage, j'avais découvert le tableau féerique que je redécouvre ici.

— C'est surtout passionnant, corrigea Nabu. S'il te plaît, Crystia, expliques-en nous le fonctionnement.

— Je vais même faire plus en vous faisant une démonstration. Geb, aurais-tu l'amabilité d'aller dans ton jardin me cueillir du thym ? sollicita Crystia.

Le colosse se sentit des ailes d'amabilité et se précipita pour répondre à la demande de cette prisonnière qu'il admirait de plus en plus.

— Je vais extraire de la plante son suc et le transformer en huile essentielle pour en libérer les composants actifs et thérapeutiques. Le thym est une plante utilisée depuis la très Haute Antiquité, surtout chez les civilisations méditerranéennes, pour ses effets thérapeutiques reconnus maintenant par la médecine moderne. Au Moyen Âge, le thym fut largement utilisé pour combattre les épidémies de peste. C'est un antioxydant puissant, anti-inflammatoire, antifongicide et antiviral puissant.

Les condamnés, impressionnés, ne bronchaient pas. Ils redevenaient des écoliers en face de leur maître.

— Commençons par le début, afin que ce laboratoire n'ait plus aucun secret pour vous. Crystia fut étonnée par sa cordialité inhabituelle. Sans s'en rendre compte, les précédentes visites et l'histoire de Gabri la libéraient imperceptiblement de sa rigidité.

— J'ai désiré un alambic en verre afin de pouvoir observer toutes les phases de transformation. Aujourd'hui, je me réjouis de ce choix qui me permet de partager avec vous mon émerveillement, incessamment renouvelé, à chaque utilisation. Regardez cette première ampoule énorme, posée sur ce réchaud : c'est la chaudière dans laquelle nous allons mettre l'eau et le thym, ce gros tube va véhiculer la vapeur pour la conduire dans le condensateur qui, grâce à son tuyau en serpentin, va refroidir ces vapeurs et envoyer dans le bassin carré l'eau et l'huile essentielle. L'huile, étant plus légère que l'eau, va flotter et permettre, ainsi, d'être récupérée. Il faut filtrer, décanter, exfiltrer, éliminer pour extraire le cœur de la substance curative. À l'université, le professeur Veroni nous expliquait, avec un enthousiasme communicatif, que nous devions rechercher le suc primaire, l'essence qu'il nommait la

« pépite » de la plante.

— Je parie, Gabri, que tu brûles de nous dire quelque chose à propos des pépites ! sourit Nabu, malicieux.

— Comment as-tu deviné ?

— La mimique de ton visage est plus éloquente qu'un long discours !

— Vous souvenez-vous de l'importance de filtrer une émotion afin d'éviter qu'elle nous détruise ? C'est exactement le même phénomène avec l'Amour : il faut le filtrer de toutes les tentations de jugement, de possession et de domination pour arriver à la pépite de l'Amour et éviter ainsi qu'il se réduise en un feu dévastateur. L'Amour est l'essence, le centre de la vie.

— Tu veux parler du « centre » que tu m'évoquais lors de mon choix de la clé ? demanda Crystia.

— Cela me fait plaisir que tu t'en souviennes : tu as choisi la clé de la porte du centre, celle de la pépite de la vie : l'Amour.

— Nous avons déjà parlé d'amour lors de ma porte ouverte, fit Jemaya.

— De l'amour mais pas de l'Amour avec un A majuscule. Nous avons parlé de la liaison de deux corps mais pas de l'Union de deux Êtres : l'Amour, rectifia Gabri.

— C'est la même chose, vous n'allez pas faire d'histoire pour une majuscule ! voulut conclure Geb qui redoutait une discussion philosophique.

— La majuscule est drôlement importante, elle change tout. Imagine que l'on écrive ton nom avec un g minuscule : geb. Nabu griffonna le nom sur son bloc-notes et le montra au détenu. La grimace de Geb fut éloquente et permit à Nabu de consolider sa démonstration. Je suis sûr que tu te sens diminué. Par contre, en écrivant « Geb », le G exprime l'importance de ta grandeur !

Geb se redressa, impressionné :

— Tu m'as convaincu, je suis tout oreille pour accueillir la différence entre amour et Amour.

— Chez les Grecs l'Amour se traduit par quatre termes distincts qui désignent les dimensions différentes de l'amour. Dans l'espace de Jemaya, nous avons parlé abondamment de l'amour naturel exprimé dans la sexualité. Les Grecs, dans l'Antiquité, le nommaient Éros. Ils le représentaient par un enfant ailé avec un arc et des flèches qui avaient pour mission d'envoyer une flèche aux humains afin de les rendre « amoureux ». Dans ses écrits, dissertant sur la nature de l'amour, Platon, philosophe grec, parle de l'Éros vulgaire et rappelle : « on ne doit le favoriser qu'avec une grande réserve, en sorte que l'agrément qu'il procure ne puisse jamais porter au dérèglement ». Nous avons évoqué ce dérèglement lors de notre discussion sur le comportement des clients de Jemaya.

Les Grecs nomment Storgê, l'Amour familial, ce lien imposé qui peut engendrer tant de joies et également de nombreuses souffrances. Nous l'avons tous expérimenté. C'est un Amour souvent éprouvant mais il reste nos racines et c'est la raison pour laquelle, comme pour l'huile essentielle de Crystia, il est important de le filtrer afin de dégager la substance primaire de ce patrimoine. Il est indispensable de transformer cette imposition en choix délibéré pour se réapproprier la pépite de cet Amour.

— Lors de mon entraînement, mes chefs nous ordonnaient de tuer symboliquement nos parents pour être affranchis de toute influence familiale, intervint Alma-Kala.

— Je sais, c'est une conviction qui a été à la mode dans de nombreux contextes mais avec laquelle je n'ai jamais été d'accord. Laissez-moi vous suggérer une métaphore pour illustrer ma pensée. Depuis la naissance, imaginez que nous sommes reliés à toutes les personnes que l'on côtoie par des rubans de différentes couleurs selon le lien qui nous unit. Tout au long de notre vie, il convient d'ajuster, avec souplesse, la distance de ces cordons afin de nous rassurer ou au contraire de nous protéger. Parfois, il est nécessaire de dérouler considérablement un ruban afin de se libérer de l'emprise d'une personne qui vous empoisonne et d'autre part, il est essentiel de raccourcir les rubans des personnes qui, dans cette étape de vie, vous entourent, vous enrichissent et vous soutiennent. La liberté de pouvoir, à tout moment, enrouler ou dérouler les rubans vous permet d'être à l'aise dans toutes vos relations. Ce maniement requiert, au début, beaucoup d'attention mais devient spontané comme le pilotage automatique que nous évoquions dans l'espace de Myke.

— La distance juste, intervint Crystia, cela me fait penser Nabu à ton article d'il y a quelques jours, dans lequel tu nous relatais le conte des hérissons du philosophe polonais, Arthur Schopenhauer.

— Oh, je l'ai adoré cette histoire ! s'exclama Tara.

— Peux-tu nous la raconter, à ta manière, avec ta voix d'ensorceleuse ? pria Geb.

Comme Tara hésitait, Crystia, qui se considérait, à juste titre, maîtresse des lieux, insista et le groupe la soutint.

Tara, évanescente, commença le récit à sa façon :

Dans une montagne lointaine, il faisait un froid glacial. Une tempête de neige faisait rage et un vent polaire agressait un groupe de hérissons transis. À bout de force, ils entrevirent finalement une excavation dans un rocher dont l'entrée ressemblait à une mâchoire béante de requin avec ses dents de stalactites et de stalagmites. Un étroit passage leur permettait de passer entre les aiguilles menaçantes et de s'engouffrer dans la caverne. Ils se blottirent tous les uns contre les autres afin de se réchauffer mutuellement.

Les prisonniers avaient rejoint les hérissons et ressentaient ce froid extrême. Imperceptiblement, les détenus se rapprochèrent les uns des autres.

Tara reprit d'un air consterné : *Mais... ils se piquèrent, se blessèrent et quand la douleur commença à être insupportable, ils s'éloignèrent les uns des autres, mais... ils retrouvèrent la souffrance du froid. Voulant retrouver la chaleur, ils se regroupèrent à nouveau et ravivèrent leurs blessures et, inévitablement, s'éloignèrent à nouveau dans le froid.*

Le groupe était pendu à ses lèvres et attendait la chute qui ne tarda pas : *Ils continuèrent longtemps ce manège jusqu'à ce qu'ils trouvèrent la distance juste pour avoir chaud sans se piquer. Et j'aime penser que cette distance varie continuellement étant donné que la température fluctue sans cesse.*

Les prisonniers restèrent un long moment silencieux avant de sortir de la caverne.

— Mais comment connaît-on la longueur appropriée de nos rubans ? relança Crystia.

— Exactement comme avec les hérissons, en interprétant vos sensations confortables ou inconfortables. Je suis convaincu qu'il ne faut jamais couper un ruban car c'est la négation du mouvement, de la vie, du changement. Couper les liens avec quelqu'un signifie que vous le figez dans la réalité présente et vous ne lui laissez aucune possibilité de changement et d'évolution. Qui parmi vous se sent la même personne que celle qui a été condamnée ? questionna Gabri, le front plissé.

— Je me sens une autre personne comme si j'étais sortie d'une statue façonnée par quelqu'un d'autre et maintenant je commence à entrevoir « mon moi », répondit Myke.

— Si vous vivez cette expérience pourquoi penseriez-vous qu'elle est inenvisageable pour les personnes de votre entourage : un traumatisme, une expérience, une prise de conscience peut leur faire éprouver ce que vous vivez ici. Toute personne a la faculté de changer continuellement et c'est là le secret du mouvement de la Vie.

— C'est impossible, tu ne connais pas mes parents, intervint Geb, soutenu par un regard approbateur du groupe.

— Et toi, tu ne connais pas davantage mon père et pourtant… vous découvrirez sa transformation improbable quand j'aurai fini mon récit, rétorqua Gabri.

Nabu relança la discussion :

— Oui mais s'ils sont morts, ils restent ancrés dans ce qu'ils étaient au moment de perdre la vie !

— Peut-être pas, nous ignorons si une évolution est possible dans une autre dimension. Ce qui est certain, c'est que notre transformation peut nous permettre de les comprendre autrement et de récupérer une partie de leurs richesses cachées derrière l'écran opaque des souffrances qu'ils nous ont infligées volontairement ou involontairement.

— Je dois reconnaître que, même si mes parents m'ont fait tant de mal, je leur dois ce laboratoire et cela m'écorche de le reconnaître ! admit Crystia.

Les prisonniers se regardèrent, perplexes, et Gabri en profita pour reprendre ses explications sur la caractéristique suivante de l'Amour selon l'Antiquité grecque.

— Philia, l'amour que nous aimons appeler l'amitié, est un lien choisi et donc plus libre que le lien familial mais le principe des rubans reste identique. La vraie Amitié est très rare et précieuse et ce lien peut être plus fort que celui imposé par la nature. Un ami peut être plus proche qu'un frère : c'est la famille « choisie ».

— Tu as raison, Imodo était pour moi plus qu'un frère, il était mon jumeau et, quand il est mort, mon être s'est brisé, j'ai perdu une partie de moi-même. Cela a été pire que la séparation de ma famille et que toutes les punitions infligées par mes chefs, se rappela Alma-Kala, la gorge nouée.

Un silence respectueux accompagna le souvenir douloureux du prisonnier.

Gabri poursuivit :

— La dernière catégorie de l'Amour pour les Grecs est l'Agapè. C'est une émotion d'Amour intense, une expérience mystique d'union avec la nature, l'art ou encore l'humanité. Elle s'exprime souvent d'une façon inattendue et fugace.

— Mon père appelait agape le repas convivial du samedi qu'il préparait toujours avec enthousiasme pour ses copains et les pauvres qu'il rencontrait durant la semaine. Cela me semble bien différent de l'agapè dont tu parles, intervint Nabu.

— Tu as raison, c'est seulement une question d'accent qui change tout ! Gabri fixa Geb en attente d'un soupir qui ne vint pas car le prisonnier n'était que concentration. Il put, donc, continuer. L'agapè Amour possède un accent grave tandis que l'agape repas s'écrit sans accent… c'est important car cela change non seulement l'intonation du mot mais aussi sa signification.

— C'est comme avec la majuscule, conclut Geb fièrement.

Le groupe accueillit sa remarque avec le sourire.

— La notion *agapè* me paraît vague, difficile à comprendre, peux-tu nous donner un exemple ? demanda Crystia.

— Quand j'étais sur le sommet de la montagne, j'admirais, sans relâche, le paysage grandiose. J'étais ému par les variations de couleurs, par la présence majestueuse du silence, par l'air d'une pureté insondable. Un matin, égal aux autres, je me suis senti fondre dans le paysage, je faisais partie de lui et j'ai éprouvé un Amour infini, dilaté dans l'espace et le temps. Je n'avais encore jamais ressenti cela. Avec une sensation de bonheur parfait, je me sentais libéré de mon corps et projeté dans une dimension inconnue. J'aurais tant voulu prolonger ce moment mais je suis retombé dans la réalité, je ne pourrais vous dire après combien de temps, mais, ce fut trop court pour moi.

— Ouah, susurra Myke médusé, je n'ai jamais ressenti une pareille sensation, cela doit être « ouf »…

— En fait, pour reprendre ta définition de « faire l'amour », intervint Jemaya, tu as fait l'amour avec la nature.

— Exactement, mais l'Amour avec un A majuscule. Cet agapè peut naître spontanément en écoutant de la musique, en regardant un tableau ou en vous promenant dans la nature, c'est ce qui fait la différence entre regarder et voir ou entre écouter et entendre. C'est… intégrer l'énergie de la beauté. Il y a des personnes qui dans un paradis de nature, regrettent l'agitation des commerces, ce sont les mêmes qui, pendant un concert de musique sublime, feuillettent et lisent le programme ou qui, visitant un musée, étudient les dimensions, les techniques du peintre au lieu de s'unir à l'âme du chef-d'œuvre et de s'en nourrir. Ces personnes ne peuvent connaître l'agapè dans ces moments-là.

— Comment arriver à cette sensation magique ? demanda Tara.

— J'ai cherché, bien sûr, à la revivre les jours suivants en me concentrant sur le même panorama. J'ai entamé avec cet Agapè un jeu de poursuite dans lequel j'étais toujours perdant. Plus je le recherchais, plus il me fuyait. C'est alors que je me suis rappelé une phrase de Platon qui affirmait : « Si tu fais ce que tu as toujours fait, tu obtiendras ce que tu as toujours obtenu. » Et donc, si je voulais changer le résultat, je devais varier ma démarche. J'ai compris que l'Agapè refusait qu'on le cherche et qu'il choisissait de rentrer à l'improviste par la porte de ton abandon dans la Beauté.

— Et comment savoir qu'il est entré ? demanda Tara.

— Tu peux sentir des larmes paisibles couler sur tes joues, devenir un instrument qui vibre dans l'orchestre, te promener dans un tableau au-delà de l'image, te fondre dans la nature ou tant d'autres expériences qui dépendent de votre personnalité et de votre vécu.

— J'aimerais tant pouvoir peindre un agapè, s'enthousiasma Tara. Tu le crois possible ?

— Je ne sais pas, mais tu devrais d'abord le vivre pour pouvoir l'exprimer. Cela vaudrait la peine de le tenter même si, personnellement, je pense qu'il y a des mystères impossibles à incarner par des mots ou des représentations. C'est toujours réducteur. Tu peux, sans doute, le peindre en acceptant l'imperfection de ton tableau et en acceptant que ce ne soit qu'un morceau de la boule de cristal de ta vision. Je pense que de nombreux artistes vivent cette frustration et l'acceptent afin de pouvoir partager une partie de leur émotion.

— C'est la raison, intervint Alma-Kala, pour laquelle les musulmans refusent toutes représentations imagées d'Allah. Tu ne trouveras, dans les mosquées, que des dessins géométriques ou des phrases du Coran. Ils considèrent que Le représenter serait un outrage à Sa Grandeur infinie.

— Les Grecs ne parlent-ils pas de l'amour pour le prochain ? s'enquit Crystia qui se remémorait une phrase martelée par le curé de son village.

— La religion chrétienne place l'amour du prochain au centre de sa doctrine et reprend ainsi la conception de ses ancêtres grecs qui définissait l'Agapè comme l'Amour de l'Humanité. De nombreuses religions et philosophies représentent cet état chez un être humain en l'entourant d'un halo de lumière ou d'une auréole scintillante. Cet Amour sublime efface toutes les limites imposées par les jugements et ouvre ainsi la porte de l'Infini. Malheureusement, la plupart des hommes en sont très loin : il suffit de constater tous les crimes et les guerres qui existent dans notre monde depuis la nuit des temps.

— Tu parles pour nous ? s'effara Jemaya.

— Pour vous, pour moi et tant de personnes dans le monde. Nous sommes encore, trop souvent, installés dans cette croyance qu'il faille écraser l'autre pour exister.

— Nous avons changé ! s'exclama Nabu.

— C'est l'évolution de chacun de nous qui va permettre le changement du monde. Cette transformation requiert du temps et de la confiance. Il est urgent d'agir dans une nouvelle direction et c'est ce que nous réalisons ici tous ensemble. De nombreuses personnes abandonnent l'ambition de possession et de pouvoir sur l'autre pour rentrer dans l'apprentissage du partage et de l'égalité.

Cet idéal s'avère difficile car il doit se baser sur l'équilibre de la symétrie afin que celui qui reçoit donne à son tour à son bienfaiteur ou à tout autre individu afin de créer une chaîne de partage. Si un individu donne sans un échange équitable, celui qui reçoit devient esclave de celui qui donne et ce dernier prend le pouvoir. En outre, la personne qui reçoit peut avoir tendance à la dépendance de la passivité et perdre ainsi son idéal de projet de vie et de participation au bien-être de la communauté. C'est une des nombreuses raisons pour lesquelles une foule de tentatives dans ce sens ont échoué car l'humanité n'était pas encore prête pour cet idéal de partage symétrique et l'homme était encore ancré dans la mentalité du loup qui mange l'agneau.

— C'est logique, car le loup pour survivre doit manger l'agneau ! s'exclama Geb véhément.

— Mais nous ne sommes pas des animaux ! Le loup ne mange que la quantité d'agneaux dont il a besoin, contrairement à l'homme qui cherche à amasser toujours plus. L'homme possède l'intelligence qui permet d'élaborer des solutions pour pouvoir vivre sans écraser l'autre. Les guerres et les conflits de plus en plus catastrophiques nous obligent à accélérer ce mouvement par de nouvelles prises de conscience et à travers des changements afin d'atteindre cet idéal de partage dont nous sommes encore aux premiers balbutiements.

— Toi, si positif, je te trouve bien pessimiste ! fit Alma-Kala.

— Être optimiste ne signifie pas nier la réalité mais, la regarder droit dans les yeux, pour pouvoir proposer des solutions et avoir le courage d'abandonner ses vieilles croyances et agir dans une nouvelle direction, souvent inconnue. Je suggère à Nabu de vous présenter, dans son prochain journal, les nombreuses initiatives de personnes éclairées qui opèrent dans cet idéal de partage pour préparer un demain différent.

— Mon père n'avait aucune religion mais il ne laissait personne sur le bord de la route et aimait répéter « le pain n'a de saveur que s'il est partagé ». Il avait la délicatesse de demander à ses hôtes des aides qui correspondaient à leurs compétences pour les mettre à l'aise et les valoriser. En souvenir de lui, je m'attelle avec enthousiasme à cet article que Gabri me propose, annonça Nabu.

— À mon avis, il était plus croyant que de nombreuses personnes se prétendant avoir la foi !... assura Kala avec admiration.

— Chacun doit, à son niveau et selon ses possibilités, agir dans une nouvelle perspective de sobriété, de partage et de simplicité pour retrouver l'essentiel qui est commun à tous les êtres humains : L'Amour et le respect de l'Humanité, conclut Gabri.

Avec admiration, Alma-Kala reprit :

— C'est cet Amour Universel qui t'a incité à créer ce projet ?

— Oui, vous allez le comprendre grâce à la suite de mon histoire...

Peu à peu, de plus en plus d'adultes s'approchèrent et voulurent participer à ces réunions de plus en plus conviviales et intenses. Après chaque rencontre, je me sentais ressourcé par ces précieux échanges.

Un matin, une femme très belle nous rejoignit sous le sycomore et me fixa de son regard sombre et magnétique. Je sentis mon cœur vibrer si intensément que tout mon être en tremblait. Son charme envoûtant s'insinua hâtivement dans mon cœur et emprisonna mon esprit. Je craignais qu'elle s'en aperçoive et redoublais d'explications vaines pour m'efforcer de noyer mon désarroi. Je fus dans l'incapacité de tenir les rênes du cheval affolé de mon imagination et perdis de vue les expériences que je voulais partager avec ces villageois en quête de vérité. Le groupe s'en aperçut avant moi ! Elle s'appelait Maïllina.

Elle ne fut pas dupe, et, sans attendre, profita de la fin de la réunion pour m'attirer et m'embrasser doucement. Ce fut le début d'un grand Amour. Chacune de mes respirations lui appartenait, mon cerveau s'était calqué à son rythme et mon cœur s'était fondu dans le sien. Je n'existais plus. C'était enivrant. Cette sensation extraordinaire balaya aussitôt mon apprentissage si rudement acquis. Je vécus des moments merveilleux avec elle dans un univers inexploré avec l'impression de vouloir finir ma vie avec elle afin de découvrir tous ses secrets qui me semblaient inépuisables. Nous pensions à l'unisson, nous désirions les mêmes émotions, nous ne pouvions vivre séparés sans nous sentir infirmes.

Ma mission d'enseignement perdait son feu sacré et le groupe s'étiolait. Je n'en avais cure, seule ma fleur précieuse méritait toutes mes attentions. J'abandonnais volontiers toutes ces richesses durement conquises durant ces dernières années de pèlerinage au bout du monde en échange de ce trésor inestimable.

La magie de l'aube striée de traînées roses et dorées m'abandonna perfidement au moment où je m'aperçus que l'espace des réunions était désert. Il me fallut plusieurs jours d'absence de mes disciples pour me rendre à l'évidence qu'ils ne viendraient plus. Ce fut un électrochoc. Quand je partageai ma déception avec Maïllina, elle exulta de joie, comblée de me posséder pour elle seule. Une fine fêlure s'infiltra dans mon cœur. Je désertai la méditation et toutes les disciplines acquises pour me fondre totalement en elle. J'étais fier de ce don total. Imperceptiblement, je commençai à m'ennuyer et à trouver que le pays de l'Amour était moins vaste que je ne l'imaginais. Il se rétrécissait, progressivement, telle une peau de chagrin. La confidence de ma sensation provoqua, chez elle, une succession de reproches et un torrent de pleurs hystériques, elle m'accusait « de ne plus l'aimer ». Nous n'étions plus sur la même longueur d'ondes, nos émotions se disputaient. Je la fixais dans l'espoir de récupérer la femme qui habitait mon cœur. Telle une fable triste, un nuage de brume avait éclaté et avait masqué la luminosité de notre histoire. Je m'efforçais, en vain, d'effacer la vision de cet assombrissement car je ne voulais, à aucun prix, lâcher ce monde mirifique. En serrant les dents, je me contraignais à satisfaire toutes ses requêtes d'attention exclu-

sive. Je me mentais à moi-même jouant l'amoureux transi que je n'étais plus. C'était en vain que j'essayais de lui communiquer mes besoins d'autonomie. Elle refusait tout dialogue en coupant la communication par la même phrase qu'elle martelait à chaque nouvelle tentative « tu ne m'aimes plus ». Sa dernière exigence fut le mariage et un enfant.

Sans comprendre le pourquoi ni le comment, je me suis enfui dans la montagne pour tenter de me retrouver et de saisir la raison de cette panique incontrôlable. Sa requête était normale dans ce contexte mais elle me semblait être ma perdition. Je restai plusieurs jours seul dans la montagne et retrouvai avec bonheur la méditation profonde qui me permit de rouvrir l'accès à la porte de mon identité et de réaliser que mon avenir prenait un autre chemin : celui du retour à mes racines et le besoin de partager avec mon pays toutes ces années d'archéologie passées à fouiller ces trésors philosophiques. Ce fut une évidence fulgurante : aucun Amour exclusif ne répondait à ma soif d'aimer le « monde entier ». Cette conviction fit sauter les barrages de peur qui m'empêchait d'affronter la vérité et je redescendis dans le village dans une bulle de sérénité puissante.

Je testai ma décision auprès de Plaxenon, anxieux de sa réaction. L'expression intense de son visage me révéla sa compréhension et il me remercia pour toute la richesse que j'avais si généreusement dispensée à son village. Son absence de jugement fut un don précieux que j'accueillis avec soin et reconnaissance.

— C'est bien triste pour Maïllina, mais je commence à concevoir ton besoin d'Amour universel, dit pensivement Crystia.

— Et comment a-t-elle réagi ? demanda Jemaya.

Après une colère dévastatrice, elle a éclaté en sanglots et c'est seulement alors qu'elle a été capable de m'entendre et de me laisser partir sans me charger d'un nouveau fardeau de culpabilité.

Gabri ressentit qu'il avait beaucoup donné de lui-même et éprouva le besoin de se retirer pour se régénérer. Il laissa les prisonniers en pleine discussion.

— J'espère, que ce n'est pas toujours comme cela l'Amour, soupira Tara.

— Il avait fait trop de concessions, il avait renoncé à rester lui-même, expliqua Jemaya.

— Tu as raison, ils ont totalement fusionné et il a perdu son individualité. L'Amour a été étouffé par manque d'oxygène. Je pense que Maïllina aurait été plus sage de l'encourager et de l'accompagner dans son projet d'atelier de partage dans lequel il se réalisait. Elle est restée ancrée dans la première phase de l'enfance de l'amour et a refusé de passer aux étapes suivantes pour atteindre la maturité et la pérennité d'un lien amoureux, constata Nabu.

— Ça alors, il y a plusieurs phases ? Je pensais que quand la fusion n'existait plus cela signifiait que l'amour était terminé et que je devais chercher une autre amoureuse ! s'étonna Myke.

— Si c'était le cas, il faudrait changer régulièrement de partenaire pour rester toujours dans cette magie des premiers temps qui ne peut perdurer sans renoncer à sa personnalité et à ses projets de vie. De nombreuses personnes le font car ils ont les mêmes croyances. Se regarder l'un l'autre est une étape nécessaire pour apprendre à se connaître et vibrer ensemble mais ce n'est que l'enfance de l'amour. C'est une dépendance totale à l'autre comme l'enfant dépend totalement de l'adulte pour ne pas mourir. Vouloir rester dans ce stade étouffe la croissance de l'amour. Nous aurions la formule 1+1 = 1. C'est exactement ce qui est arrivé à Gabri, Maïllina voulait l'englober totalement dans sa vie sans tenir compte de ses besoins et de son idéal, c'est en faisant cette erreur qu'elle l'a perdu. Gabri a pu réaliser ce danger d'étouffement progressif en prenant beaucoup de distance.

— C'est l'expérience de la grenouille, lança Crystia.

— Raconte !

— Je vous préviens que cette histoire n'est pas très agréable !

Si vous mettez une grenouille dans une casserole d'eau froide, elle nage avec félicité. Vous faites monter la chaleur si lentement que la grenouille se laisse aller au plaisir de la tiédeur qui devient une chaleur agréable, la grenouille se relaxe, confiante, ce qui l'empêche de sauter quand l'eau devient bouillante et la tue.

— Heureusement que Gabri a sauté hors de la casserole à temps ! s'exclama Geb.

— Nabu, s'il te plaît, quelle est l'étape suivante ? s'intéressa Myke.

— C'est celle de l'adolescence. Le besoin d'indépendance pour permettre à chacun de retrouver ses propres ailes et se découvrir capable de voler seul : 1+1 = 2 c'est ce qu'a compris Gabri dans la montagne. À son retour, il a proposé cette vision à Maïlllina qui lui a répété, en colère, que ce n'était pas de l'amour, qu'elle le voulait exclusivement pour elle. Il est fréquent que les deux amoureux ne fassent pas leur « crise d'adolescence » ensemble et par conséquent, l'un veut rester ancré dans la magie de l'enfance, c'est un Peter Pan de l'amour et l'autre désire découvrir ses ailes d'adulte. Dans ce cas, la rupture est inévitable. C'est cette réaction qui a empêché le couple de passer à la troisième phase de l'amour adulte, 1+1 = 3 : chacun est capable d'être heureux seul et le couple est heureux d'être ensemble. L'Amour durable est possible quand 1+1 = 3, insista Nabu.

— Toi avec ton calcul, tu essaies de m'embrouiller, s'exclama Geb, le peu que j'ai pu retenir de l'école c'est que 1+1 = 2.

— Chacun est capable d'être heureux seul : cela fait deux et le couple est heureux dans l'échange de ses richesses toujours renouvelées : et cela fait trois. Tu piges ? s'illumina Myke avec fierté.

Geb répondit par un bougonnement un peu enfantin qui rappelait l'écolier frustré qu'il avait été.

Nabu l'ignora pour illustrer sa démonstration :

— J'ai connu un couple d'artistes qui avait parfaitement réussi ce chef-d'œuvre d'Amour : c'était une mélodie de piano à deux mains, chaque main était parfaitement autonome et était capable de jouer seule des mélodies enchanteresses mais ils avaient choisi de jouer à deux mains dans leur vie et dans leur Art. IL soutenait sa mélodie cristalline et lumineuse par sa structure de notes passionnées et fortes. Ils s'appelaient IL et ELLE. La toile de nuit profonde de « IL » permettait aux étoiles de « ELLE » de briller. Quand IL est mort, les étoiles se sont provisoirement éteintes pour ELLE.

— Pas pour toujours j'espère, s'émut Jemaya.

— Non, bien sûr, mais il lui a fallu longtemps pour que « ELLE » accepte de faire briller ses étoiles sur la toile de nuit de leurs souvenirs et permettre à « IL » de vivre autrement.

— Mais ce n'est plus jamais la même chose ! IL n'est plus là ! se récria Myke.

— C'est différent et douloureux mais c'est le seul moyen pour ce couple, qui refuse la séparation, de continuer d'exister et de partager leur Art et être l'Amour.

Tara permit au groupe de sortir de leur émotion en partageant une intuition :

— Quand je pense aux quatre dimensions d'amours différents, il me vient une idée, mais, j'ai du mal à l'exprimer car elle n'est pas trop claire dans ma tête, murmura Tara.

— Essaye toujours, nous pourrons, peut-être, t'aider à la développer, intervint Alma-Kala.

— Je me demande, Tara s'arrêta un moment pour chercher ses mots, si la personnalité de chacun ne dépend pas de l'importance qu'il porte à une des quatre dimensions de l'amour décrites par Gabri.

— Si j'ai bien compris, nous avons en nous toutes ces 4 dimensions de l'amour ? voulut l'aider Crystia.

— Oui, mais nous ne les développons pas avec la même intensité. Par exemple, je pense à ma mère, qui ne prônait que l'amour familial, se rappela Alma-Kala.

— Nous, ici, sommes en train de développer la dimension de l'amitié et pour moi c'est vraiment une découverte, réfléchit Crystia.

— En fait, on pourrait définir les personnalités selon l'importance que chacun met dans les différentes dimensions de l'amour. Cela peut changer tout au long de l'existence et motiver la raison des changements de direction tout au long du parcours de la Vie. C'est passionnant, reprit Tara.

— Je pense que Gabri a choisi de favoriser l'Agapè, conclut Crystia.

Les détenus, impressionnés, se quittèrent dans un silence plein de respect et de reconnaissance.

La discussion dans les médias devenait de plus en plus virulente. Il s'était formé deux camps bien distincts : d'un côté les spectateurs qui s'attachaient aux prisonniers et se permettaient d'admirer leur évolution et dans l'autre camp les « convaincus », hermétiquement fermés à toute tentative de changements, lesquels organisaient des réunions afin de consolider leurs croyances sur l'impossibilité de transformation d'un criminel. Le premier groupe différenciait l'homme de son crime et lui permettait le changement, l'autre groupe considérait que l'homme **est** son crime et, dans ce cas, il n'y avait effectivement plus d'évolution possible.

LA PORTE BLEUE

Nabu s'était, enfin, installé dans son espace. Il y régnait un désordre frénétique. Le sol était jonché de boules de feuilles chiffonnées à la hâte. Tara fut la première à y entrer et, spontanément, proposa au détenu sa collaboration pour l'aider à ranger. Nabu la fixa ahuri.

— Ranger quoi ?

— Toutes ces paperasses à terre !

— Surtout pas, ce sont mes « sapeuts ».

L'air interrogatif de la prisonnière incita notre journaliste à s'expliquer :

— Les « cela peut servir », on ne sait jamais ! Je ne jette jamais rien car ce qui me semble inutile aujourd'hui pourrait me servir demain. Si tu savais, comme régulièrement, de vieux papiers ont permis à mon père d'élaborer de nouvelles théories.

Voyant que le reste du groupe hésitait à entrer, Nabu se précipita, en guise d'accueil, à faire rouler d'un coup de pied ses « sapeuts » le long des murs. Il voulait éviter, à tout prix, que ses invités écrasent une de ses précieuses boules. Pour les prisonniers, l'espace était un vrai chantier ; pour Nabu, un bureau normal d'un journaliste qui se respecte. Son ordinateur avait une place de choix au milieu de la pièce et le reste de l'espace était encombré de piles de livres et de journaux épars. Les « sapeuts » en guise de plinthes complétaient le décor.

— C'est une succursale originale de la bibliothèque, blagua Crystia.

— Tu as raison, je ne supporte pas le vide et tous ces livres sont des compagnons fidèles qui ont l'avantage de me parler seulement si je les interroge ! répondit-il avec le même ton badin.

— Je comprends mieux ton rôle d'encyclopédie vivante, s'enthousiasma Tara.

— Ces piles de journaux sont-elles les mêmes que celles que tu déposes dans notre bibliothèque ? demanda Alma-Kala.

— Oui, je les garde en archive.

— Explique, soupira Geb.

— Les archives sont les documents conservés du passé. Ces témoins des ressources humaines sont essentiels à la connaissance de l'activité des hommes qui ont vécu avant nous. Ils sont rassemblés dans des lieux qui sont accessibles à tous, une sorte de bibliothèque publique avec des dossiers classés par époque à la place des livres. Toute l'histoire qui vous a été enseignée à l'école se reconstitue à partir de ces documents. Mon père en était un consultant tellement régulier que l'administration lui avait alloué sa table. Cet honneur représentait, pour lui, une décoration plus importante que la « légion d'honneur ».

— Où trouvent-ils tous ces documents ? interrogea Myke.

— Ils sont cédés par différentes administrations ou organisations et, également, par des particuliers qui tiennent à conserver un reflet de leur vie, de leur travail, de leurs découvertes. Dans les archives, il est possible de retrouver la trace d'événements importants mais, aussi, des détails émouvants de la vie journalière des habitants qui évoluent selon les époques et les événements. Leur but essentiel consiste à nous éclairer sur les aventures des hommes qui ont vécu avant nous afin de pouvoir faire advenir, à partir de leurs richesses, de nouveaux progrès et nous permettre d'éviter de commettre leurs mêmes erreurs. Mon père répétait souvent, qu'au fil du temps, il faut rechercher continuellement les informations des expériences passées pour éclairer le présent. L'histoire de l'humanité nous permet de mieux comprendre d'où nous venons et où nous allons. Malgré cette masse d'informations, il est consternant de constater à quel point les hommes ont tendance à répéter toujours les mêmes aberrations, comme si chacun considérait que « lui » ne tomberait pas dans les mêmes travers que ses prédécesseurs. Une partie importante de l'évolution se fonde sur le trésor des archives qui se perpétue depuis la naissance de l'écriture.

— Même avant, l'interrompit Tara, pense aux dessins dans les cavernes qui étaient l'écriture de nos ancêtres et leur manière de communiquer leur mode de vie.

— Nos ancêtres ! Comme tu y vas, bientôt tu nous représenteras avec des peaux de bêtes, ironisa Geb.

— Mon père avait publié un numéro spécial sur la grotte de Lascaux tellement il en était féru. C'est passionnant de découvrir que ces hommes d'il y a 17 000 ans, vêtus de peaux de bêtes, avaient déjà, comme nous, les mêmes aspirations de partager leurs habitudes et d'exprimer leurs émotions à travers ces peintures d'une expression artistique émouvante.

— Ils avaient déjà de la peinture ? s'étonna Jemaya.

Tara intervint, considérant la peinture comme son domaine :

— Peintures bien différentes de la nôtre car ils utilisaient les pigments naturels à leur disposition : entre autres, le noir du charbon, le jaune de l'argile, le rouge de l'hématite et le blanc de la calcite. Je trouve merveilleux de penser que ces hommes, si lointains de nous dans le temps, furent aussi proches de nos émotions et de nos besoins de communiquer.

— Qu'est-ce que tu racontes, tu me fais perdre le fil, grommela Geb.

Devant le regard découragé de Tara, Gabri prit le relais :

— Je pense que Tara voulait dire que grâce aux dessins de ces hommes de la Préhistoire, nous réalisons que nous sommes fondamentalement à la fois identiques et différents.

Jemaya intervint :

— Tu nous charries, tu dis que nous sommes identiques et différents ; il faut que tu choisisses.

— Dans toutes les cultures les expressions d'émotions sont les mêmes : tous les humains ont un visage ouvert quand ils sont joyeux, un visage fermé quand ils sont tristes, un visage terrifiant quand ils sont en colère mais, par contre, ils peuvent ressentir ces émotions pour des causes différentes selon leur culture, leur époque et leur milieu, répondit Gabri.

— Pour une communication efficace avec l'autre, continua Nabu, l'information préalable est essentielle pour éviter des malentendus ou des souffrances involontaires. En effet, si vous ne connaissez pas les usages de la personne que vous rencontrez, vous risquez de la blesser par des comportements qui ont, dans leur culture, une signification différente. Si vous embrassez un Esquimau, il restera abasourdi car chez eux ils se frottent le nez pour se saluer.

Tara et Myke mimèrent cette scène en faisant éclater de rire les autres détenus.

— Vous voyez cela vous fait rire, pour l'Esquimau ce salut est normal. Mais, il peut se moquer de l'habitude de s'embrasser ! Si, avec une intention amicale, vous vous approchez trop d'un Oriental, il se sentira mal à l'aise et vous considèrera peu respectueux. En plus, chez la même personne, selon ses étapes de vie, ses émotions varient et pour avoir un échange plus riche et plus adapté avec elle il est important de vous renseigner, avant, par la lecture. Mon père martelait à ses collègues cette phrase : « l'Autre est autre ».

— Je ne vois pas comment la lecture peur m'aider à comprendre une personne en particulier. Tout le monde n'a pas son histoire dans un livre ! intervint Myke.

— En effet, mais à force de lire des journaux et des livres variés, tu ouvres ton esprit à de nouvelles cultures, à de nouveaux modes de pensée, à des comportements différents et cela te permet d'avoir une sensibilité plus affinée pour appréhender l'Autre d'une manière plus respectueuse et efficace.

— C'est passionnant et dès maintenant je lirai tes journaux différemment car j'avais l'habitude de les lire un peu en diagonale, avoua Myke.

— Je reconnais que, moi aussi, je lisais tes articles superficiellement surtout ceux qui ne parlaient pas de moi ! ajouta Tara avec simplicité.

— La lecture nous permet de mieux se connaître car elle nous aide à mettre des mots sur notre vécu et facilite la compréhension de nos émotions en découvrant que de nombreux auteurs ont ressenti les mêmes sensations que les nôtres. L'ouverture à des cultures différentes nous facilité l'accès à de nouvelles croyances et nous permet de délaisser celles qui ne nous correspondent plus.

— Ne nous dis pas que cela nous permet de retourner à la source, fit Tara.

— En quelque sorte : oui ! répondit Nabu, ignorant l'ironie dans le ton de Tara. Mon père insistait afin que chaque écrivain mette dans son œuvre le meilleur de lui-même afin de permettre au lecteur de s'enrichir de nouvelles sources. Dès notre naissance, notre source primordiale est nourrie par les autres filons d'expériences, d'informations et d'exemples des personnes qui nous ont précédés. Cette source, au fil du temps, devient rivière qui accueille d'autres rivières pour devenir un fleuve de plus en plus abondant gorgé d'informations, comme le Nil évoqué par Gabri lors de notre première réunion. Vous en souvenez-vous ?

— Oui, vaguement, et je me suis toujours demandé ce que ce fleuve signifiait dans notre situation et maintenant, je commence à deviner un début de réponse, réfléchit à haute voix Alma-Kala.

— Toutes ce sources d'informations peuvent être vraies ou fausses, adaptées à vos besoins ou parfaitement inadaptées, c'est la raison pour laquelle, tout au long du parcours, il est nécessaire de filtrer les informations qui vous sont utiles, celles en harmonie avec vos croyances afin d'éviter l'entassement et le blocage, reprit Nabu.

— Filtrer pour ne garder que la pépite, tu me copies ! sourit Crystia.

— Exactement, vous allez voir qu'au fur et à mesure de nos rencontres nos informations vont se mélanger, se compléter, se corriger, se discuter pour arriver à un pot commun d'idées de plus en plus vaste, s'enthousiasma Nabu.

— Mais si on n'est pas d'accord ? intervint Myke.

— C'est alors que c'est le plus intéressant, cette divergence d'idées permet un approfondissement, une nuance, une souplesse qui évite les barrages de demi-vérités, d'interprétations incomplètes ou erronées sur le fleuve de l'information. Malheureusement, c'est un idéal difficile à atteindre car chaque bulletin d'information veut détenir sa vérité et tend à défaire les renseignements de ses opposants qui ne partagent pas ses idées. Je me souviens que mon père avait une énorme difficulté à encourager ses collègues, à lire les journaux des concurrents sans les dénigrer automatiquement. J'étais le témoin silencieux de son regard navré devant la rigidité d'esprit de certains journalistes qui ne lâchaient, à aucun prix, leur morceau de croyance.

— S'ils avaient raison, ils avaient le droit de défendre leur point de vue ! argumenta Crystia, passionnée par cette discussion. Si je saisis correctement tes arguments, tu penses qu'il n'existe pas d'informations complètement vraies ou totalement fausses ?

— Je pense qu'il y a beaucoup de données incomplètes ou partiales et qu'accepter des points de vue différents te permettra d'avoir une plus large idée des vérités qui résultent, toujours incomplètes comme…

— La boule de cristal de la vérité, compléta Geb avec une fierté touchante.

Nabu, lui envoyant une flèche de sourire, continua de développer son idée :

— L'information peut ouvrir de nouvelles portes mais peut aussi les barricader par des informations catastrophiques qui paralysent les lecteurs… Je me souviens que mon père se plaignait de ce que les annonces négatives avaient plus de succès que les informations positives comme si les lecteurs avaient besoin de noirceur pour se prouver à eux-mêmes qu'ils étaient bons et avaient de la chance de ne pas vivre ces désastres.

— Ce sont les mêmes gens qui se délectent des films d'horreur et qui vont volontiers aux enterrements car ils ont gagné au loto de la survie, continua Tara.

— Il est évident que les nouvelles négatives n'incitent pas à sortir de son univers de sécurité, conclut Myke.

Nabu reprit :

— Il peut exister des informations fausses véhiculées par des personnes superficielles ou ignorantes qui ne vérifient pas leurs sources et préfèrent prendre leurs désirs pour la réalité mais, ce qui est plus alarmant, c'est l'existence de ces malfaiteurs qui diffusent, à dessein, des informations toxiques complètement fausses avec l'objectif de manipuler et de prendre le pouvoir sur l'autre, c'est ce qu'on appelle « la guerre de l'intox ».

— Comment peuvent-ils passer des faux messages sans que les gens n'en prennent conscience ? s'intéressa Crystia.

Passionné, Nabu précisa :

— Ils publient, par exemple, des photos sorties de leurs contextes qui suggèrent des visions erronées et subjectives de la réalité. Ils écrivent des articles en omettant des données éclairantes de la réalité ou en les biaisant. Le piège et l'erreur la plus courante est de croire que les journalistes sont neutres et donnent des informations objectives mais, malheureusement, ils abusent souvent de leur position et utilisent notre émotivité pour favoriser leur propre idéologie. Winston Churchill, un homme d'État clairvoyant, citait volontiers : « En temps de guerre, la vérité est si précieuse qu'elle devrait toujours être escortée d'un garde du corps de mensonges. » Rester vigilant permet de détecter, en partie, ces terroristes de l'information.

— Mais tous les journalistes sont comme cela ? s'inquiéta Crystia.

— Non, heureusement ! De nombreux journalistes choisissent la mission sacrée d'informer et de dénoncer avec le plus d'objectivité possible en publiant les faits, sans les interpréter, afin de laisser à chacun la liberté de sa propre opinion. C'est une tâche qui s'avère difficile, raison pour laquelle ces journalistes ne sont pas légion. L'information, comme les archives, permet d'éviter de commettre les mêmes erreurs que ceux qui nous ont précédés et de parcourir plus vite son itinéraire grâce au partage des feuilles de route. Ces « cartes routières » nous permettent d'éviter de se perdre mille fois avant de trouver sa destination.

— C'est le même principe que ma boussole, opina Myke.

— Je réalise brusquement à quel point nos entraîneurs nous transmettaient, volontairement, des informations complètement fausses, se révolta Alma-Kala. Comment ai-je pu être aussi naïf ?

Gabri voulut le rassurer :

— Tu n'avais pas la maturité pour détecter ces manipulations destructrices. Ces terroristes de l'information, comme les nomme justement Nabu, mélangent le vrai et le faux pour paraître crédible et enrobent leurs informations d'éléments que leurs recrues ont besoin d'entendre pour éteindre leur vigilance. Leurs mensonges contiennent, en général, une parcelle de vérité pour endormir leur cible.

— C'est exactement comme mettre du poison dans une bonne pâtisserie. Ta gourmandise t'empêche d'être méfiant, fit Tara pour illustrer, à sa façon, l'explication de Gabri.

— Je me souviens, continua Alma-Kala, que, dès mon arrivée, le chef, avec une gentillesse extrême, m'a poussé à lui confier toutes mes peines. Ces confidences sont devenues dans ses mains une arme terrible qu'il a utilisée avec perfidie tout au long de ma « déformation ».

— Mon père expliquait à ses collègues que les confidences deviennent, dans les mains d'un manipulateur, des bombes à retardement et c'est exactement ce que tu as vécu. Ils utilisaient les fragilités que tu leur avais livrées pour te blesser là où cela te faisait mal et te rendaient, ainsi, vulnérable et incapable d'avoir un sens critique suffisant pour déjouer leur pression et cela leur permettait de faire de toi un esclave de leur haine.

Les prisonniers notèrent que le visage d'Alma se détendit et que sa posture s'allégea. Son intervention si intime et douloureuse lui avait permis de se libérer d'une partie de ses pensées coupables en réattribuant une partie de la responsabilité de ces horribles crimes à ces hommes qui l'avaient lâchement manipulé en profitant de son jeune âge.

— Cela veut dire qu'il faut faire attention à tout ce que l'on dit ? demanda Jemaya, inquiète.

— Tout n'est pas bon à dire et je me fais un devoir dans mes papiers de vous ménager afin que mes informations puissent respecter chacun d'entre vous. C'était un message cher à mon père qui passait des réunions entières sur cette nécessité de ne pas choquer les lecteurs afin qu'ils ne replient pas le journal avant de l'avoir lu jusqu'au bout. Il insistait sur l'importance des nuances qui permettent aux lecteurs d'accepter votre morceau de la boule de cristal tout en sachant qu'il en existe tant d'autres. Il les encourageait, de cette manière, à les rechercher tout au long de leurs lectures. Tenir compte de l'Autre est essentiel pour connaître les limites à la liberté de communication et pour illustrer cette croyance, il avait l'habitude de raconter à ses collègues cette histoire de Socrate, philosophe grec dont nous avons déjà parlé. Je ne l'ai jamais oubliée :

Un jour, quelqu'un vint voir Socrate et lui dit :

— Écoute Socrate, il faut que je te raconte comment ton ami s'est conduit.

— Arrête ! interrompit l'homme sage. As-tu passé ce que tu as à me dire à travers les trois tamis ?

— Trois tamis ? dit l'autre, empli d'étonnement.

— Oui, mon bon ami : trois tamis. Examinons si ce que tu as à me dire peut passer par les trois tamis. Le premier est de celui de la Vérité. As-tu contrôlé si ce que tu as à me dire est vrai ?

— Non ; je l'ai entendu raconter, et...

— Bien, bien. Mais assurément, tu l'as fait passer à travers le deuxième tamis. C'est celui de la Bonté. Ce que tu veux me dire, si ce n'est pas tout à fait vrai, est-ce au moins quelque chose de bon ?

Hésitant, l'autre répondit : non, ce n'est pas quelque chose de bon, au contraire...

— Hum, dit le Sage, essayons de nous servir du troisième tamis, et voyons s'il est utile de me raconter ce que tu as à me dire...

— Utile ? Pas précisément.

— Eh bien, dit Socrate en souriant, si ce que tu as à me dire n'est ni vrai, ni bon, ni utile, je préfère ne pas le savoir, et quant à toi, je te conseille de l'oublier...

— Si on est sûr que c'est vrai ? reprit Jemaya.

Nabu l'interrogea :

— Ce que tu désires communiquer apportera-il quelque chose de constructif à la personne ou la société ? Alors, n'hésite pas, dis-le, conclut-il.

Tara s'interposa avec audace :

— Tu parles continuellement de cette boule de cristal, j'ai dû être distraite, pourrais-tu me rappeler son histoire ?

— Je l'ai relatée dans un de mes papiers du début. Je suis content que tu me donnes l'occasion d'insister sur l'importance de garder les journaux en « archive » dans la bibliothèque pour avoir la possibilité de les relire. Lors de leur parution, vous n'étiez pas toujours prêts à recevoir un certain type d'information comme si vous aviez sauté une page de connaissances et perdu le fil du raisonnement. Cela me fait plaisir de reprendre cette légende en soulignant des aspects différents du récit de notre coach :

— La vérité est comme une boule de cristal immense jetée sur la terre et qui s'est fracassée en des milliards de morceaux. L'homme « de bonne volonté » désire, tout au long de sa vie, trouver le plus d'éclats de cette précieuse boule afin de s'approprier le plus de clés possible pour mieux vivre avec lui-même et avec les autres. Il ne suffit pas de saisir de nombreux fragments de la boule de vérité mais, lorsqu'on les découvre, il faut les examiner, les assembler, les encastrer comme un puzzle pour entrevoir une plus large vision de cette part de vérité.

— Cela devient trop compliqué, donne-nous un exemple ! quémanda Tara.

— Chacun de vos projets en est un exemple : une pièce du puzzle ! En les emboitant, lors de nos portes ouvertes, nous commençons à entrevoir une plus ample partie de la raison de notre présence ici.

— Sois plus explicite, l'encouragea Jemaya.

— Pensez aux richesses des racines chez Geb, aux secrets du souffle de vie dans l'espace de Jemaya, à cette volonté d'envol de Myke, à l'Amour dévoilé dans le laboratoire de Crystia, sans oublier les éclats précieux de l'histoire de notre coach. Je suis persuadé que nous retrouverons, prochainement, d'autres pièces inestimables chez Tara et chez Alma-Kala. En mettant tous ces morceaux ensemble, nous découvrirons l'importance essentielle de l'ampleur de notre Vie et entreverrons un début de réponse à nos nombreuses questions.

— Oui, c'est passionnant, mais moi ce qui m'intéresserait, c'est de comprendre pourquoi nous sommes tous ici dans la même galère ! Comment et pourquoi nous en sommes arrivés là ! fit Alma-Kala, véhément.

Désemparés, leurs regards consultèrent le responsable de ce projet.

Gabri les regarda un à un intensément, pour donner de l'importance à cet éclairage qu'il avait cherché patiemment sur le sommet de la montagne. C'est l'évocation des pics enneigés drapés de la couleur mordorée du soir qui déverrouilla la porte de sa réponse :

— Avant vous, je me suis posé cette même question à propos de mon aveuglement qui a conduit ma mère au suicide. Le début d'une mauvaise direction nous empêche d'affronter la réalité et nous poursuivons notre chemin en passant d'une erreur à l'autre sans regarder les autres possibilités qui s'offrent à nous. Nous avons tendance à intégrer uniquement les informations qui confortent ce que nous pensions ou ce que nous vivions à cette étape de vie, raison pour laquelle nous devenions aveugles comme ces chevaux qui avancent avec des œillères et ignorent les autres chemins possibles. Je regardais uniquement avec les yeux de mon père, ce qui justifiait, à mes yeux, l'effacement de ma mère. Comme vous, j'étais dans une galère de remords, de regrets et de colère tellement accablante que je voulais me condamner à mort tout seul en voulant disparaître dans cette forêt au début de ma fuite. Si j'avais adhéré à cette tentation d'anéantissement, je n'aurais jamais retrouvé mon père ni ne serais avec vous aujourd'hui. Le sacrifice de ma mère aurait été vain. J'ai compris que la seule issue possible était celle du pardon. Ce sont les cimes glaciales qui m'ont chuchoté chaleureusement la sortie de ce tunnel mortifère.

Devant l'air de plus en plus perplexe des prisonniers, Gabri conclut :

— Je sais ce n'est que mon morceau de vérité, à vous d'en trouver d'autres.

— C'est vrai que j'étais tellement décidé à être différent de la vie misérable de mes parents que je n'ai, à aucun moment, considéré mes victimes, fit Geb.

— Moi, j'aurais pu fuir ce milieu abject mais la peur de l'inconnu était la plus forte. J'aurais dû faire comme toi, Gabri, fuir au bout du monde, fit Jemaya.

— Avais-tu accès aux informations pour avoir une idée d'un autre-part ? demanda Nabu.

— Non, les journaux et les livres étaient considérés comme la chasse gardée de mes frères et de mon père.

— Tu ignorais que le bout du monde existait. Emprisonnée dans ton ignorance, tu n'avais accès qu'aux messages véhiculés par ton entourage organisé pour te piéger.

— C'est la raison pour laquelle j'avais supprimé tout accès à l'information pour éviter ce genre de tentation de fuite de mes disciples, reconnut Tara.

— Idem dans mon camp d'entraînement ! Nous étions contraints à la pensée unique : tuer, se tuer pour accéder au paradis, participa Alma-Kala.

Le groupe eut besoin de temps pour se réinstaller dans la réalité du présent.

— Et comment fais-tu pour écrire, cela doit être drôlement difficile ? demanda Myke.

Nabu fut heureux de leur faire partager son expérience :

— Souvent, c'est comme si l'article était déjà écrit en moi et les premières phrases donnent accès à une source intarissable d'idées et de mots que je ne soupçonnais pas avant de commencer. En fait, la seule difficulté c'est de choisir la première phrase et il y a des jours où cette première idée résiste méchamment et l'accès à mes connaissances reste cadenassé.

— Mais alors comment fais-tu ?

— J'attends avec confiance que la première phrase vienne à moi naturellement et cela finit toujours par arriver ! J'ai appris à ne pas forcer, cela me fatiguait inutilement et donnait, en plus, de très mauvais résultats.

— Tu as de la chance ! s'exclama Tara, admirative.

— Non ce n'est pas une chance, nous avons tous cette source intarissable en nous, je pense que c'est là un message que Gabri désire nous inculquer depuis le début de cette étrange aventure : il faut avoir le courage de la confiance et accepter de laisser venir et d'y croire même quand on ne comprend pas tout, tout de suite. Notre source est nourrie continuellement par nos sens qui captent inconsciemment des informations de tous genres dans les livres, dans la vie des autres, et même dans les rêves. Comme nous l'expliquait Gabri, quand on se sent vide, sans idées, sans envies, la lecture nous reconnecte aux sources d'énergie des autres et nous permet ainsi de recharger notre envie d'initiatives et de créations.

— Tu parles des rêves de ton sommeil ?

— Oui, parfois je me réveille, je trouve une idée et il faut que je me précipite pour l'écrire afin ne pas la perdre car j'ai l'impression qu'elle veut s'échapper à tout prix.

— À moi aussi, se rappela Tara, cela m'est arrivé lors de l'élaboration de mon projet : tout paraissait si simple et précis durant mon rêve et à mon réveil, confiante dans la solidité des images, j'ai laissé passer du temps et mon image devenue fugitive en a profité pour prendre la clé des champs, impossible de la récupérer !

— C'est la raison pour laquelle j'ai toujours un papier et un crayon près de mon lit afin d'empêcher mes songes de jouer aux fantômes.

Nabu fixa Gabri en lui disant :

— Je te passe le relais.

D'une voix grave, assis en tailleur, il entama l'histoire de son retour à la maison :

J'étais apaisé mais, également inquiet à l'idée de retrouver ce « chez-moi » devenu dans ma mémoire une photo pâlie et imprécise. J'ignorais si mon père était encore en vie et si la maison existait encore.

— Tu es rentré en avion ? l'interrompit Myke.

— Non, j'ai continué à marcher. J'avais besoin de digérer ce vécu prodigieux et de me préparer à retrouver mon père s'il vivait encore. J'avais besoin de ce temps pour ranger le livre terminé dans la bibliothèque de mon cœur et pour accueillir la page blanche du nouvel ouvrage que je désirais écrire. À mesure que je me rapprochais, je préparais les encres de couleurs, amassées durant mon périple, pour écrire ce nouveau livre.

— Tu es parti combien de temps ? s'intéressa Alma-Kala.

— Je n'en avais aucune idée avant d'avoir retrouvé mon père. Son âge avancé m'a permis de comprendre que je m'étais absenté 20 ans.

— C'est incroyablement long, s'exclama Geb.

— J'avais une telle abondance de trésors à assimiler que cette période m'a paru courte. Encore maintenant, en y repensant, j'ai l'impression de voir un film en accéléré.

— J'aimerais avoir ce temps pour approfondir ce que nous sommes en train de découvrir sur nous-même et sur ces mondes inconnus, considéra Nabu.

— Idem, soupira Tara.

Les prisonniers, les regards teintés de mélancolie, fixèrent Gabri pour l'encourager à poursuivre :

Je ne reconnus pas mon père. Amoindri, dans une chaise roulante, le désespoir habitait son regard. Je ressentis une nouvelle boule mais, cette fois, elle était enflée de pitié. Le cahier que j'avais lancé à cet homme altier, debout raide derrière son énorme bureau sombre, était posé sur une petite table à côté de lui. Le majestueux était devenu chétif.

À mon grand étonnement, il me reconnut et d'une voix brisée murmura « je t'attendais ». Il devait encore me rester quelques résidus de rancœur à mon insu car, pendant une seconde, je pensai qu'il méritait cette déchéance. Mes larmes balayèrent ces dernières poussières amères et je le serrai très fort dans mes bras, transformant ma pitié en compassion. Il se laissa aller à un flot de mots retenus trop longtemps. D'une voix à peine perceptible il me confia ses remords d'avoir « tué ma mère » et la difficulté, toujours renouvelée, de devoir faire le deuil de son fils unique, avec ce doute lancinant de ne plus jamais le retrouver. « C'est terrible, ajoutait-il, mais, parfois, je me surprenais à penser que cela aurait été moins douloureux de savoir que tu aies rejoint ta mère : j'aurais pu faire le deuil de vous deux ensemble. Je suis désolé, je te demande pardon... Les mots s'entrechoquaient tant il les répétait dans l'ordre et dans le désordre.

Une phrase de silence interrompit ses sanglots.

Une femme, revêche et plutôt laide, fit irruption dans la pièce et brisa d'une phrase sèche cet instant béni pour inviter mon père à « se changer ». Je ne sais plus ce qui m'a le plus choqué : l'invasion et le ton péremptoire de cette mégère ou le regard soumis de mon père. Sans réfléchir, je la priai de nous laisser et j'ajoutai sur un ton ferme que c'est moi qui me chargerai de la convoquer. Sa bouche, en forme d'œuf, m'expliqua qu'elle ne devait pas être coutumière d'un pareil traitement.

— Comment acceptes-tu d'être maltraité ainsi ? criais-je presque à mon père.

À mon grand étonnement, il me répondit que c'était grâce à elle que notre retrouvaille était devenue possible. Je ne doutai qu'un instant de sa santé mentale car il m'expliqua, sans tarder, ce qu'il nommait sa rédemption. « Je l'ai assumée pour éviter de quitter cette maison qui, à chaque moment, me permettait d'évo-

quer le grand homme que je fus car je craignais de perdre ma stature dans une maison de retraite, aussi luxueuse soit-elle. À son arrivée, j'ai voulu l'amadouer, lui faire des cadeaux, ignorer son ton autoritaire pour retrouver une symétrie dans notre relation. Il a fallu me rendre à l'évidence que tous mes efforts tombaient dans un puits tellement profond que le reste de ma vie n'aurait pu suffire à le combler.

Dès le début, cette femme fut insupportable et me traitait comme un « handicapé de l'âge. »

— Tu n'as pas essayé de t'expliquer une bonne fois ?

— Impossible, c'était toujours de ma faute et j'en étais réduit à m'excuser pour des fautes que je n'avais pas commises. Tu imagines, moi ! C'était inadmissible de continuer sur ce chemin, j'avais bien le droit de recouvrer ma liberté de combattant. C'est ainsi que j'ai récupéré mes armes que tu connais bien : l'arrogance, l'agressivité, la colère et la rage. Ces méthodes semblaient lui apporter du réconfort car cette artillerie nourrissait son jeu de méchanceté et de vexations. Cela dura longtemps, car je m'entêtais à en sortir vainqueur. J'étais persuadé de ma supériorité, j'avais plus de connaissances qu'elle de l'ego et de la manière de le manipuler. Nos journées étaient saturées par ces échanges ininterrompus de vexations de plus en plus odieuses. Cette adversaire avait pris toute la place dans ma vie, occupait mes journées et veillait mes nuits de sa présence maléfique. Le psychiatre n'existait plus et ce qui est pire : vous n'existiez plus. Épuisé, une matinée semblable aux autres, je réalisai que j'étais en train de finir ma vie habité par ce lien solide de la haine pour cette femme qui ne représentait qu'une page banale de ma longue vie. C'était tellement absurde, tellement vain. J'ai eu cette révélation devant la statue de l'ange que ta mère avait placée derrière le bosquet à ta naissance. J'avais envie, j'avais besoin de vous trouver, de vous retrouver. Je renonçai dans cet espoir fou, à ma cuirasse de superbe, de grandeur, de « je sais tout » et d'intelligence de tac-

tique de guerre pour me plonger dans le cahier de ta mère qui me révélait une partie infime de vous deux. J'ai décidé de céder à cette gouvernante (qui voulait gouverner à tous les prix) mon titre de propriété du « pays du dernier mot ».

Mon père resta un moment plongé dans ses pensées avant de continuer : ce fut le début d'une nouvelle manière de réagir. J'étais devenu une balle de caoutchouc qui rebondissait toujours plus haut chaque fois qu'elle me jetait par terre. Sans le savoir, elle me permettait de lâcher enfin cette arrogance qui me collait à la peau et qui avait été la cause de vos départs. J'ai découvert une sensation d'humilité qui me rapprochait de ta mère et qui me devenait de plus en plus douce. C'est à ce moment que j'ai pu commencer à souhaiter, de tout mon être en transformation, ton retour, devenu possible. Il me semblait que mon désir infini parviendrait jusqu'à toi, jusqu'au bout du monde. J'ai mué grâce à cette vipère.

J'ai appris à renoncer à ton amour envers moi, mais je ne cessais de t'aimer jour et nuit. J'avais tellement d'Amour à rattraper que je ne voulais plus gaspiller un seul instant à combatte cette virago. C'est ce qui m'a permis de continuer à t'attendre et de vivre. Il conclut ce long récit par un profond soupir : toute cette noirceur dans ma vie... comme je le regrette. Je sollicite la générosité de ton pardon. Ému, je le pris simplement dans mes bras, considérant que cette étreinte était plus éloquente et intense qu'un long discours. C'était une soirée d'été et le ciel était paré d'étoiles chamarrées. Je lui souhaitai « bonne nuit » en lui murmurant que c'était la noirceur du ciel qui permettait aux étoiles de briller.

Le lendemain je le trouvai plus apaisé, ce qui me permit de lui ouvrir mon cœur. Je lui racontai mon voyage et il ne se lassait pas de me demander des détails sur mes rencontres et plus particulièrement sur mes expériences spirituelles.

Après plusieurs jours, il me demanda d'une voix débordante d'inquiétude si j'avais conservé les cahiers de ma mère. Malgré leur poids, ils ne m'avaient jamais quitté : leurs lectures avaient été mon moteur. Je lui proposai de les lire ensemble pour lui permettre de nous rejoindre. Ses larmes me remercièrent.

Je voulus comprendre la nature de la maladie qui le clouait sur ce fauteuil. Il m'expliqua que sa « chère surveillante » le lui avait imposé. Au début, il n'en faisait qu'un usage temporaire puis progressivement les muscles de ses jambes s'étaient atrophiés et, par conséquent, il en était devenu complètement dépendant. Maintenant, il ne pouvait plus se lever sans être soutenu par sa gouvernante qui, à chaque prise, se transformait en un char armé de roquettes « vociférantes. » Je la soupçonnai d'avoir ainsi bloqué, consciemment, mon père pour sa commodité personnelle et après en avoir eu la confirmation par le médecin traitant, je l'ai renvoyée sur-le-champ. Elle est partie en crachant ses dernières roquettes.

J'ai proposé à mon père de le libérer de ce fauteuil que je savais superflu et son regard reconnaissant m'a convaincu de convier une jeune spécialiste de la rééducation, matin et soir. Au début, elle se contentait de masser longuement ses jambes pour qu'il puisse les ressentir et leur permettre d'exister. Ensuite, le priant de fermer les yeux, elle lui suggérait de visualiser des promenades dans son jardin en lui faisant les mouvements de marche avec ses pieds et ses jambes. Elle l'emmenait, en pliant ses genoux, dans l'escalier du jardin pour rejoindre la statue du garçon ailé. Après quelques semaines, mon père a commencé à accompagner ses mouvements et puis à les exécuter. Au printemps, il se promenait seul et digne dans le jardin, appuyé sur sa canne. J'en profitais pour me ressourcer en méditant, habitude qui ne m'a plus jamais quitté.

Nous passions nos soirées à lire les cahiers de ma mère et nous avons écrit ensemble le livre enfoui dans notre cœur. Nous avons créé un pot commun de toutes nos connaissances : son savoir, ses expériences de psychologie ainsi que mes découvertes philosophiques et spirituelles. Laisser toujours plus de place à la lumière était devenu le fil conducteur de notre récit.

Je lui confiai l'importance que j'accordais à toutes les richesses de son savoir en psychologie. Ses connaissances exceptionnelles me permettaient d'élaborer un projet de vie qui germait doucement en moi. Le partage de cette confidence l'autorisa à entamer la destruction de ses terribles sentiments de culpabilité.

— Merci, me dit-il, ému, avant d'ajouter, je te lègue ma toile de nuit, remplis-la d'étoiles.

Il s'éteignit doucement, le visage serein et j'aime penser qu'il s'est remarié avec ma mère dans l'au-delà.

Les yeux embués de larmes, les condamnés s'installèrent dans leur émoi.

Ce moment de commotion passé, Gabri s'adressa aux détenus :

— Vous pourrez trouver ce livre dans la bibliothèque ; nous lui avons donné comme titre le prénom de ma mère : « Ysiad ». C'était une manière de l'inviter dans notre complicité retrouvée.

— Ces étoiles c'est nous ? s'émerveilla Alma-Kala.

— Vous et toutes les personnes que j'accompagne pour saturer d'étoiles la toile de nuit de mon père.

Pleine d'espérance, Tara s'exclama :

— Je commence à comprendre la raison de ton projet et j'aimerais, moi aussi, peindre des étoiles partout dans le monde,

Nabu, toujours en quête d'informations, demanda :

— Votre réconciliation me semble exceptionnelle, je me souviens que mon père parlait souvent de ces nombreux drames familiaux dans lesquels les enfants ne parlaient plus à leurs parents. As-tu des pistes d'explications ?

— Souvent les enfants restent ancrés dans la dépendance de l'attente de la reconnaissance des blessures inévitables de leur enfance et les parents attendent, en vain, leur reconnaissance. La paralysie de l'attente s'installe, parfois irrémédiablement.

— Alors c'est foutu ?

— Non, si l'un des deux camps sort de l'immobilisme pour écouter l'autre.

— Mais si l'autre a coupé définitivement le ruban de la relation ?

— C'est en effet difficile mais il reste possible de créer un nouveau ruban.

— Et si l'autre refuse ?

— Il reste le courant d'air de l'espérance qu'un jour un événement déverrouille la porte. La gouvernante de mon père a été ce souffle puissant.

Sur cette considération personnelle, Gabri s'éloigna sans se retourner.

LA PORTE INDIGO

Dans l'espace de Tara, c'était l'affolement ! Non seulement malgré son invitation pressante, la prisonnière ne les avait pas accueillis, mais, en plus, elle restait introuvable.

— Nabu, as-tu bien regardé dans la bibliothèque ? demanda Crystia.

— Tu penses bien qu'il n'y a aucun angle secret pour moi, j'ai regardé dans les cachettes les plus improbables.

— Elle ne s'est quand même pas enfuie, elle ne nous aurait pas lâchés… s'inquiéta Myke, déçu.

— Elle me manque déjà, fit Jemaya.

— Arrête de parler comme si elle était morte, il y a sûrement une explication, il est impossible qu'elle ait réussi à s'évader, fit Crystia.

— De toute façon, cela n'aurait pas été chic pour nous, on doit rester solidaires dans notre galère, insista Jemaya.

— Tu ne pourrais mieux dire… constata Nabu.

Jemaya essayait de se convaincre :

— Même si elle nous avait abandonnés, elle n'aurait pas laissé tous ses tableaux, c'est une artiste. En général, ils considèrent leurs œuvres comme leurs bébés et… on n'abandonne pas ses bébés !

— Quand je pense qu'elle a tant insisté pour qu'on arrive à l'heure et tous ensemble, elle exagère ! s'énerva Crystia pour masquer son inquiétude.

— Regardez les sept tableaux : il y en a un en 3D, le sixième ! s'exclama Alma-Kala.

La silhouette évanescente de Tara, enduite de peinture, se détacha du tableau. Elle éclata d'un rire cristallin, fière de sa blague.

— Je vous ai aidés à rire, déclara-t-elle sur un ton enjoué.

— Tu as surtout suscité, chez nous, une peur déconcertante. Nous avons réalisé à quel point nous sommes devenus soudés, lui répondit Nabu, d'un air sérieux.

— J'en suis sincèrement désolée. Même si cette prise de conscience n'était pas mon objectif, je suis touchée par votre inquiétude. Je vous invite à regarder, chacun, le tableau qui vous concerne. Je les ai peints après chaque « porte ouverte ».

À première vue, le choix n'était pas évident. Perplexes, les détenus passaient d'une toile à l'autre, la comparant avec les autres. Après bien des hésitations, chacun s'arrêta devant le tableau qu'il pensait être le sien en procédant plus par élimination que par conviction. Ils eurent besoin de persévérance pour s'immerger dans cet ensemble insolite, s'abandonner à l'audace des couleurs et suivre la perspective en mouvement afin de décrypter tout le vécu émotif de Tara dans leurs univers. La concentration était palpable et l'immobilité des prisonniers donnait l'impression aux spectateurs de l'émission G que la vidéo était sur pause.

Ce fut Kala qui rompit cette longue magie en s'exclamant doucement :

— J'ai beau examiner mon tableau mais je ne vois que du blanc.

— Il est en attente de découvrir ton espace, chuchota Tara, mais je suis persuadée que cette toile blanche peut commencer à s'exprimer si tu continues à la fixer. Fais abstraction de ta concentration pour rentrer dans le tableau et découvrir l'inconnu qui est en toi.

— Tu me suggères une technique de méditation comme celle proposée par Gabri ?

— Il y en a d'innombrables mais celle-ci est personnelle, je la pratique, régulièrement, avant de peindre un tableau : je laisse l'image venir vers moi et je n'ai plus qu'à lui rendre sa matérialité. Souvent, je manque d'inspiration et, dès que je lâche toute prétention de représentation, comme par enchantement, mes pinceaux devenus autonomes, commencent à exprimer ce que je ressens. Si je faisais confiance à ma concentration, je griffonnerais un dessin digne d'école primaire. Tous ces tableaux sont enfouis au fond de l'océan de mon âme et la méditation, comme tu la nommes, leur permet d'émerger et, ils ne me laissent aucun répit jusqu'à leur achèvement.

— C'est exactement ce que je ressens quand je m'imprègne de la musique du silence pour créer de nouvelles mélodies, lui confia Alma-Kala.

Un regard de connivence conclut cet aparté.

— Mais où est mon avion ? cherchait en vain Myke.

Tara la main sur son épaule, se pencha et sur un ton confidentiel, lui susurra à l'oreille :

— Regarde-le différemment et tu découvriras une nouvelle réalité de ton avion plus vraie que vraie.

— Je ne vois que des oiseaux, renchérit Myke.

— Examine-les davantage, ce sont des personnages qui volent et… ils sont huit, fit-elle en s'éloignant.

Geb, d'un ton boudeur, continuait à barboter :

— Ce n'est pas mon jardin, mes poireaux avec des jambes… je n'ai jamais vu cela !

Ce cri du cœur provoqua un sourire chez tous les autres. Dans la situation inconfortable de savoir si ce sourire s'adressait à Geb ou… à ses œuvres, Tara décida de partager son expérience afin d'éliminer cette incertitude. Sa voix de conteuse rassembla le groupe autour d'elle.

— Il y a eu différents courants, tout au long de l'Histoire, pour s'exprimer à travers l'art. Durant une longue période, l'absence de photographie incita les artistes à copier le réel afin d'illustrer des moments forts de la vie des hommes. Cette période « réaliste » est féconde de peintures qui sont de véritables archives comme vous les décrivait Nabu dans son espace. Ces tableaux étaient, souvent, commandés par des personnes désirant laisser leurs portraits ou une trace de leurs exploits à la postérité. Ces œuvres donnaient à ces commanditaires une illusion d'éternité. Ce courant copiait la réalité mais chaque peintre, dévoilant sa personnalité, réussissait à exprimer sa créativité, transformant leur tableau en œuvre unique. Je pense que vous attendiez ce « copiage » dans mes toiles et qu'au premier abord vous avez été déçus.

Crystia parla :

— Mes parents, désireux de m'éduquer à la culture pour briller dans le « beau monde », m'envoyaient visiter les musées avec une liste des tableaux renommés afin que je sois capable d'en parler en société. Je passais rapidement sur les tableaux listés pour m'arrêter sur ceux qui m'appelaient d'une voix particulièrement insistante. Il y avait des visages tellement surprenants que je m'attendais à voir ces personnages sortir de leur tableau et m'inviter à partager leurs vies. Je me souviens d'un portrait d'une femme noble, le seul de la liste qui m'interpella, dotée d'un sourire si énigmatique que j'eus envie de l'inviter à me confier sa vie mystérieuse. Elle est rentrée dans ma vie et m'a accompagnée de son amitié discrète dans mes moments de solitude.

— Je pense que tu évoques le célèbre portrait de La Joconde peint par Léonard de Vinci, fit Nabu.

Ignorant cette intervention qui la privait de son intimité avec son amie qu'elle considérait exclusive, Crystia continua la visite de son musée pour les prisonniers séduits par son partage spontané :

— J'adorais me plonger dans les tableaux de paysages. J'étais grisée par les embruns des océans, je me cramponnais aux bastingages des bateaux surpris dans la tempête et je ressentais l'inquiétude des marins affolés pliant les voiles. Je me reposais en allant me promener dans des paysages baignés de printemps. Je me souviens avoir visité une maison derrière une plaine de coquelicots que j'ai explorée avec délice. Sa décoration était charmante et désuète, je sentais l'odeur de cire d'abeille et j'entendais une musique douce qui provenait du salon. Je n'y suis pas entrée pour pouvoir garder ma vision d'une femme élégante qui jouait de la harpe.

— Je ne comprends pas, fit Geb, le peintre avait représenté l'intérieur de la maison ?

— Non, il n'y avait qu'une façade rose et des fenêtres ouvertes.

Geb, interloqué, la regarda fixement.

— J'ai ouvert la porte et je me suis promenée dans la maison, lui répondit simplement Crystia. Ces tableaux de paysages n'étaient pas des photos réalistes mais me donnaient l'impression fugitive du temps qui passe et m'invitait à profiter de ce moment privilégié de lumière fugace.

Tara commenta :

— Tu nous as décrit parfaitement les caractéristiques de la période de l'impressionnisme : le peintre ne copiait pas la réalité en la dessinant mais transmettait sa propre vision et sa sensibilité par des taches de couleur et des jeux de lumière.

— Chez mon voisin, il y avait un tableau avec des cubes identiques aux jouets de leur bébé, je me demandais pourquoi ces gens préféraient une reproduction de ces bibelots plutôt que celui de leur enfant, se souvint Myke, encore étonné.

— Cette toile était probablement de la période du cubisme. Ce sont des formes géométriques qui se croisent, s'enlacent, se répètent, s'agrandissent et diminuent pour créer une sensation d'infini : hors du temps et de l'espace. L'artiste se libère de la nécessité d'un modèle et se laisse aller à l'architecture de lignes et au triomphe des couleurs vives. Dans le cubisme, la mathématique devient art.

— C'est l'art abstrait ? demanda Crystia.

— Non, dans l'art abstrait, la forme disparaît pour laisser la place à la couleur devenue l'expression de l'invisible. La perception et l'interprétation sont propres à chaque observateur car elles restent subjectives.

— Comment situes-tu tes toiles ? s'intéressa Crystia.

— Mes tableaux expriment mes états d'âme ressentis dans chacun de vos espaces. Je me rapproche assez du courant appelé surréalisme. J'ajoute à la réalité une autre réalité cachée qui permet au tableau d'exprimer mon ressenti dans votre espace et de vous dévoiler de nouveaux aspects qui vont vous permettre, je l'espère, de découvrir de nouveaux possibles de votre projet. C'est le souhait des peintres surréalistes : permettre aux spectateurs de recevoir leur message de philosophie et de pensée sur l'invisible. L'artiste prend des libertés de couleurs et de formes qui ne correspondent pas à la réalité pour dépasser cette vision du visible et en suggérer d'autres. Il ne copie pas la réalité mais exprime la sienne. Il ne cesse de transformer, de corriger son œuvre afin que le résultat corresponde, au plus près, à ce qu'il ressent. Dans chaque création, vous découvrez une nuance de sa personnalité. Pour saisir cette part d'inconnu, il faut avoir la patience de rester un long moment devant le tableau pour vous imprégner de son message et abandonner toute prétention d'explications logiques. C'est seulement, à ce moment-là, que vous pourrez vous enrichir de nouvelles émotions et vous ouvrir à la curiosité essentielle pour accéder à l'art.

— Moi, j'ai l'impression que tu as trahi mon jardin ! insista Geb, contrarié.

— Non, je l'ai sublimé à ma manière afin que chaque fois que tu le regardes, tu puisses découvrir une vision différente de ton chef-d'œuvre.

Parler d'un chef-d'œuvre en parlant de son jardin permit à Geb de sortir de sa coquille, de commencer à accepter la fantaisie de Tara. Il lui demanda :

— Peut-on emmener « notre » tableau chez nous ? Crois-tu qu'en le regardant régulièrement, je comprendrai pourquoi tu as mis des jambes à mes poireaux ?

— Ils vous appartiennent et, je suis persuadée qu'en vous réveillant, la vision de votre toile engendrera de nouvelles émotions. Pour percer le mystère de vos toiles, suivez la lumière et les touches de couleur qui le font vibrer de vie. Ces tableaux vont s'installer imperceptiblement en vous et vous les reverrez à des moments inattendus car une couleur, un trait ou une atmosphère les fera rejaillir.

— C'est comme avec mes morceaux de musique préférés, je découvre à chaque écoute des nuances qui me font vibrer différemment selon mes états d'âme du moment. Grâce à toi, je comprends mieux ma vision des couleurs quand je joue du piano. C'est génial, s'enthousiasma Alma-Kala.

— C'est identique pour toutes les formes d'art et c'est ce qui définit, pour moi, un chef-d'œuvre : plus on le vit, plus on l'apprécie, adhéra Gabri avec enthousiasme.

— Cette créativité est-elle accessible à tout le monde ? Je pense n'en avoir aucune ! Se lamenta Geb.

Tara le fixa :

— Je crois que nous en avons tous mais il est nécessaire de la cultiver continuellement dans le potager de ton imagination. Chaque graine que tu plantes devient une fleur d'inspiration.

— Ces graines, où les trouves-tu ? Je n'ai jamais entendu parler de magasin de semences de curiosité ! s'exclama Geb, espiègle.

— Les magasins de ces semences précieuses se nomment « Culture ».

— C'est étrange, mon papy parlait de ses cultures de haricots, la taquina Geb.

— Dans mon laboratoire, je faisais de la culture de moisissures pour créer des antibiotiques, se souvint Crystia.

— C'est le même mot pour évoquer les résultats qui demandent du soin, de l'attention et du temps, expliqua Tara. J'ai découvert cette boutique de culture lors de mon séjour dans la maison de rééducation. Il y avait une bibliothèque pleine de fables, de contes et d'histoires extraordinaires. Vu ma difficulté à lire, mes enseignantes m'encourageaient à choisir les livres d'images et d'histoires fantastiques. Je me suis passionnée à tel point que je les connaissais presque tous par cœur car je voyais l'histoire, je la vivais et c'est ainsi que j'ai commencé à peindre à ma manière en y ajoutant mes émotions et mes interprétations car les dessins me décevaient et ne correspondaient pas à ce que, moi, je voyais. J'étais devenue d'une curiosité inépuisable car je m'apercevais que plus je m'intéressais à de nouveaux livres, à des arguments variés, plus mon imagination galopait et me procurait une sensation d'ivresse merveilleuse. Je me suis passionnée d'histoire de l'art et découvert, ainsi, l'évolution des artistes au gré des civilisations, ce qui m'a permis de sélectionner les graines que je voulais cultiver dans mon jardin d'artiste.

— Mes parents m'ont toujours assuré que la curiosité est un vilain défaut, affirma Myke.

— Cette fausse croyance a claqué la porte au nez de ta créativité. Au contraire, la curiosité ouvre les portes du savoir et donne la liberté de choisir entre plusieurs options de vie. C'est aussi la curiosité qui nous donne de nouveaux éléments pour retrouver la route quand on est perdu. C'est pour cette raison que les dictateurs empêchent la recherche et l'éducation en imposant la pensée unique, rendant les peuples esclaves et sans enthousiasme. C'est exactement ce que j'ai fait dans ma « ferme de l'Aurore », et pour ligoter la frénésie de savoir de mes disciples, je leur racontais régulièrement l'histoire du vase de Pandore, expliqua Tara.

— Raconte, quémanda Nabu.

— Tu la connais sûrement !

— Moi, je ne la connais pas, intervint Geb et j'aime tes histoires.

Zeus, dieu suprême, maître de l'Univers selon la mythologie grecque, ordonna aux dieux de créer une femme sublime qu'ils nommèrent Pandore. Chacun des dieux la dota, comme les bonnes fées de La Belle au bois dormant, de présents merveilleux : la délicatesse du raffinement, le talent de la musique, l'art du tissage et bien d'autres dons encore. Bien sûr, il ne manquait pas le magicien, perfide Hermès, qui lui enseigna l'art de la dissimulation et la méchante fée, Héra, qui lui offrit la jalousie. Pandore épousa un certain Épiméthée et emporta dans ses bagages une amphore mystérieuse que Zeus lui avait interdit d'ouvrir. Rongée par la curiosité, cette jarre l'empêchait de dormir. Chaque jour, elle la fixait en espérant deviner l'intérieur en la plaçant, en vain, dans un rayon de soleil. De nombreuses fois, elle décida de l'ouvrir mais le regard sévère de Zeus la paralysait. Un matin, exaspérée, elle décida de se libérer de cette obsession en se persuadant que Zeus n'en saurait rien. Elle ouvrit le vase et libéra les maux de l'humanité. Elle eut juste le temps de voir s'échapper la Vieillesse, la Maladie, la Guerre, la Famine, la Misère, la Folie, le Vice, la Tromperie, la Passion, l'Orgueil avant de refermer la jarre avec horreur. Seule l'espérance, plus lente à réagir, resta enfermée à jamais.

— Elle est terrible ton histoire… frémit Myke.

— Je narrais ce genre de mythes le soir à mes adeptes. J'avais interdit tous les moyens de communication afin de les couper de la réalité extérieure. Je leur serinais que cela les détournerait de l'essentiel et je choisissais mes histoires pour les ensorceler, leur passer en douce mes messages et formatais ainsi leurs cerveaux pour leur enlever toute possibilité de prise de conscience ou de rébellion.

— Pourquoi leur racontais-tu cette histoire en particulier? demanda Nabu.

— C'était un avertissement masqué mais péremptoire pour les empêcher d'essayer de creuser les doctrines et les croyances que je leur imposais. Je leur suggérais, à chaque fois que je leur racontais ce mythe, que s'ils ouvraient le couvercle de la curiosité tous les maux du monde qu'ils avaient voulu fuir, en intégrant ma communauté, reviendraient au centuple.

— Tara et Nabu vous m'embrouillez ! se lamenta Geb, la curiosité c'est bien ou c'est mal ?

— La curiosité est considérée comme nocive quand elle envahit la sphère personnelle de l'Autre, intervint Gabri. Elle devient positive quand elle exprime un désir de connaissance qui devient le point de départ de nouvelles ouvertures vers l'individu et le monde. Cette qualité essentielle au développement de la créativité peut être encouragée, dès l'enfance, grâce à une éducation pluridisciplinaire.

— Pluri… quoi ? marmonna Geb, levant ses sourcils broussailleux.

— Pluridisciplinaire signifie une éducation variée qui englobe de nombreuses disciplines. Prenons l'exemple de l'Histoire : connaître les réussites et les échecs des hommes qui nous ont précédés nous permettent de mieux choisir la direction dans laquelle nous voulons aller et éviter de commettre les mêmes erreurs. Les sciences nous donnent les clés pour sonder les mystères de notre corps et explorer l'univers dans lequel nous vivons. La littérature et la philosophie nous offrent la possibilité d'enrichir et d'exprimer nos pensées. Les mathématiques sont essentielles pour comprendre et respecter les lois de ce monde. Enfin, l'Art s'enrichit de toutes ces connaissances.

— Je détestais le calcul, complètement inutile, un jeu pour les grosses têtes, qu'est-ce qu'il m'énervait ! lança Myke, les yeux rivés à gauche sur le mur, écran de ses souvenirs lointains.

— Ton avion est le résultat de l'art de la mathématique ! C'est un prodige de calcul, d'équilibre et de chiffres pour lui permettre de voler !

— Ça alors ! Les enseignants ont un rôle merveilleux, je ne l'avais jamais vu ainsi ! s'étonna Geb.

— Non seulement leur mission est précieuse mais nous devenons tous, chacun à notre tour, un disciple ou un enseignant tout au long de la vie : c'est ce que vous faites actuellement en partageant vos projets, assura Gabri.

— Et toi, en nous racontant ta vie !

— Je ne vois pas en quoi toutes ces sciences peuvent influencer mes tableaux, fit Tara.

— Détrompe-toi, poursuivit Gabri, sans t'en rendre compte, lors de ta formation, tu as puisé tes idées dans les puits gorgés de sciences, de littérature, d'histoire et de géographie. Prenons l'exemple des perspectives qui donnent cette profondeur à tes tableaux, du volume à tes objets : c'est le résultat de la géométrie que tu as intégrée sans t'en rendre compte.

Gabri se tourna vers le groupe :

— Je vous invite à consulter dans la bibliothèque les œuvres de Léonard de Vinci et de Michel-Ange qui sont une illustration de cette conviction. C'est la polyvalence de leur culture prodigieuse qui leur a permis de réaliser leurs chefs-d'œuvre de peintures, de sculptures sans parler de leur génie exprimé dans leurs créations d'architecture et d'ingénierie.

Les condamnés restaient songeurs devant cette abondance de notions et d'échanges multiples. Ils commençaient à comprendre qu'ils pouvaient faire confiance à cette réserve de graines accumulées dans le grenier de leur cerveau et qu'ils pourraient y puiser la quantité nécessaire en fonction de leur besoin afin de les faire germer.

Tara les ranima en leur déclarant tout de go :

— Et maintenant, c'est à votre tour. Elle distribua à chaque détenu un tee-shirt blanc. Je vous ai préparé des couleurs pour tissus ; c'est à vous de jouer !

— Que veux-tu dire, nous n'avons pas ton talent, fit Crystia.

— Nous l'avons tous différemment comme nous avons tous les capacités développées dans chacun de vos espaces. Selon les moments et les événements de nos vies, nous approfondissons davantage une dimension plutôt qu'une autre mais les circonstances peuvent nous emmener à en éveiller de nouvelles. Cette pluralité se love en nous avec des intensités différentes, répéta Gabri.

— Alors on peut tous créer un jardin, peindre ou danser ? s'étonna Myke.

— Tu as tout compris, se réjouit Gabri. Même si chacun est plus doué et surtout plus tenté de développer un aspect plutôt qu'un autre car il correspond plus à son être, à ses dons et à son vécu.

Myke, pour gagner du temps, demanda :

— Mais tu as obtenu un matériel en plus ! Tu en avais un en réserve, comme moi ?

— Gabri et moi avons considéré que la peinture sur tissu était toujours de la peinture et cela a passé !

— Et les pinceaux ?

— Tu en as dix de dimensions différentes et d'intensités modulées, répondit Tara en montrant ses mains les doigts écartés. Laissez de l'autonomie à vos couleurs qui vont se mélanger, prendre des initiatives que vous pouvez choisir d'accueillir ou non.

— Ce n'est pas nous qui peignons ?

— Une expression peut naître de vos mélanges, correspondre à votre ressenti et évoquer un message qui se cache au plus profond de vous. Cette spontanéité évoque l'improvisation en musique. Es-tu d'accord Alma ?

— Je trouve ces rapprochements entre ta peinture et la musique absolument fabuleux.

— Mais si ce mélange ne correspond pas à mon idée ? insistait Myke.

— Il faut corriger, recommencer sans cesse jusqu'au moment où votre tableau correspond à votre désir. Tout effacer avec de la peinture blanche vous permet de recommencer et faire une autre tentative. Vous pouvez, également, partir de la première image comme fond et ajouter les touches de couleurs et des traits noirs comme l'ont fait de nombreux artistes. Un peintre, Vassili Kandinsky, que j'admire particulièrement disait : « La couleur est le clavier. L'œil est le marteau. L'âme est le piano, avec ses nombreuses cordes. L'artiste est la main qui fait résolument vibrer l'âme au moyen de telle ou telle touche. »

— Si tu continues à évoquer la musique, je n'aurai plus rien à vous dire dans mon espace ! s'exclama Alma.

— Je suis persuadée que tu nous y parleras de couleurs, d'intensités ou de gammes chromatiques et nous serons quittes ! sourit Tara.

— Vous savez, on peut parler de la forme en peinture comme on parle de celle en littérature. C'est passionnant de remarquer que, plus on s'intéresse aux différentes cultures, au plus l'esprit se recentre en un point unique comme si tous les faisceaux de la connaissance se rejoignaient en un Tout, intervint Nabu pensif, en se replongeant avec application sur son tee-shirt.

Les condamnés renouaient avec l'application des écoliers à leur premier jour d'école. Isolés dans la bulle de leur enfance retrouvée, ils faisaient confiance à leurs doigts plus experts que leur concentration. Ils furent étonnés de la nouvelle dimension de leur projet qu'ils exprimaient spontanément et commencèrent à intégrer l'esprit de Tara.

Quand le jour fatigué commença à bâiller, ils levèrent la tête pour retrouver le plaisir de l'échange. Ils se partagèrent leurs dessins et l'admiration de chacun rivalisait avec leur étonnement. Ils enfilèrent leur tee-shirt et s'aperçurent que ce simple geste les différenciait et leur rendait la richesse de la diversité. À ce moment précis, chacun devenait son rêve et Gabri s'en émut.

Certains spectateurs de l'émission G, emmurés dans leurs certitudes, continuaient à se rebeller face à cette transformation « impossible » des condamnés. On pourrait se poser la question de la raison pour laquelle ils continuaient à suivre une émission qui les énervait tant !

— Et toi Gabri, tu ne dessines rien ?

— Je préfère garder la candeur de la toile blanche qui me suggère les pics enneigés, complices de ma métamorphose.

Les détenus attendirent la suite de son histoire suggérée par cette évocation :

En paix avec mes parents et mes racines, il était venu le moment d'utiliser toutes ces richesses pour les faire éclore en fruits à partager. Je commençai plusieurs formations de communication non violente, de psychologie, de philosophie pour pouvoir mettre des mots sur mes expériences et faire un puzzle cohérent avec tous les morceaux glanés durant toutes ces années. Je fis, en outre, une formation pour communiquer l'art de la méditation car, si j'étais habitué à méditer, je ne savais pas l'enseigner. J'ai compris que ces enseignements étaient essentiels pour réaliser mon projet… ce projet.

— Son élaboration, au début, n'a pas dû te sembler évidente ! J'imagine, qu'avant de trouver une communication efficace, tu as essayé, avec persévérance, plusieurs méthodes afin d'obtenir des résultats convaincants, fit Nabu.

— Oui, j'ai tâtonné au début et cette impasse m'a permis de prendre des distances pour utiliser toutes les couleurs de mon expérience et en faire une toile accessible et capable de toucher des personnalités, telles que les vôtres, sans les heurter. J'ai compris qu'il était nécessaire d'atteindre le cœur de l'homme afin de dépasser sa diversité et sa personnalité afin de donner un message universel tout en respectant leur différence. Mes voyages ont été ce « magasin de semences » qui m'ont permis de créer ce contact avec chacun de mes protégés.

— Quand as-tu commencé à comprendre le sens de cette mission ?

— Rappelez-vous mon séjour dans le village de Plaxenon ? J'y avais accompli de nombreuses activités dont celle d'instruire les jeunes et c'est à ce moment, qu'est née ma vocation.

Gabri s'esquiva et Alma en profita pour inviter les prisonniers dans son espace.

LA PORTE DORÉE

Une musique envoûtante se faufilait dans le corridor. La porte était grande ouverte. Furtivement, les prisonniers s'assirent, à même le sol, autour du piano. Alma-Kala, accompagné par un orchestre de respirations, accueillait ses compagnons dans son univers fascinant d'improvisation. C'était poignant. Chaque prisonnier vivait sa musique: Geb devenait son jardin, Myke volait au milieu des cigognes, Jemaya dansait dans un conte de mille et une nuits, Nabu écrivait un changement d'histoire, Tara métamorphosait chaque note en couleurs et Crystia surfait sur la vague des sons.

Le temps effacé, Nabu se mit à chantonner *pianissimo*, tout le groupe enchaîna en musant la mélodie. Certains spectateurs de la chaine G retenaient leur souffle de peur d'arrêter cette magie, d'autres éteignirent leur télé d'un geste sec, trouvant cette expression d'harmonie insupportable.

La musique se fit decrescendo jusqu'à s'éterniser dans une mélodie de silence.

— Je me sens léger, comme après l'exercice de respiration dans l'espace de Jemaya, se réjouit Geb.

— Tu me donnes l'occasion de consolider une intuition que j'ai depuis longtemps: je pense que la musique est la respiration de l'âme, confia Alma-Kala.

— C'est pour cette raison que tu as choisi la musique comme rêve ? demanda Crystia.

— Oui, je pense. Dans mon enfance, malgré une famille nombreuse, je me sentais différent et seul. Cette solitude fut vite comblée par la présence discrète de la musique. C'était la compagne idéale, toujours là dès que je l'appelais, elle consolait mes chagrins et accompagnait mes joies. Lors de mon entraînement chez les djihadistes, cette musique bien installée dans mes oreilles répondait présente dès que je la sollicitais. Sans aucun instrument, j'ouvrais le couvercle de la boîte à musique de mes souvenirs.

— Dans le camp d'entraînement, vous n'aviez pas droit à la musique ? se rebella Jemaya.

— C'était absolument défendu ! Nos chefs étaient convaincus que la musique aurait ouvert la porte de notre créativité et nous aurait transformés en êtres pensants et, par conséquent, dangereux pour leur projet. Leur seul objectif consistait à nous fondre en armes humaines en empêchant nos âmes de vibrer.

— C'est épouvantable ce que tu racontes ! Si je t'ai bien compris, vous n'étiez que de la chair à massacre, ponctua Crystia.

— Oui, c'était la réalité, mais je l'ai comprise trop tard.

Les prisonniers baissèrent la tête sous le poids de cette atrocité.

— Parle-nous de ta musique, implora Jemaya, pour sortir de ce tunnel inhumain.

— Écoutez ! Alma-Kala effleura les notes aiguës. Une rivière cristalline de sonorités coula dans l'espace et immergea les condamnés.

— Ressentez-vous cette sensation de légèreté et de joie qui vous donne envie de sourire ? Sans attendre de réponses, Alma passa sur la partie gauche du piano et réveilla les touches sombres et graves de son instrument.

— Vos visages ont changé d'expression, ils sont devenus austères et solennels. J'aime cette dualité de sonorités qui exprime l'alternance de nos bouleversements. Selon mes états d'âme, je choisis de réveiller la partie lumineuse du clavier pour exprimer ma joie ou je rejoins la partie grave pour soutenir ma mélancolie.

— Ne serait-il pas préférable que tu fasses le contraire : exalter les notes claires pour illuminer les parties sombres de ta vie et éveiller les sonorités sombres pour ajouter de la profondeur à ta joie ? voulut objecter Nabu.

— C'est juste et c'est la raison pour laquelle, le plus souvent, je joue des deux mains pour pouvoir allier la joie à la solennité. Les notes graves mettent la mélodie légère en valeur et les sons aigus donnent de la brillance à l'austérité.

— C'est exactement comme avec mes couleurs, s'exclama Tara, les couleurs sombres font jaillir la lumière. C'est le « clair-obscur » de Rembrandt. Par la force de l'obscurité de ses tableaux, ce peintre hollandais du XVIIe siècle permet aux sujets lumineux de percer la toile et guide le regard du spectateur sur le sujet que l'artiste désirait mettre en valeur.

— Nous continuons à mélanger les résultats de nos découvertes, sourit Alma et, pour illustrer ta réflexion, je vais vous jouer un morceau de Bach que je n'ai jamais cessé d'aimer.

La dernière note se prolongea en une traînée de respect.

— C'est beau ce que tu as joué mais comment Bach a-t-il pu imaginer une mélodie aussi bouleversante ? murmura Tara.

— Mais il n'a rien imaginé du tout. Il a suivi, avec son génie de créativité, les règles de l'harmonie et de la mathématique. Cela vous intéresse ?

— Bien sûr, répondit Nabu, j'adore la musique et j'ai toujours cru qu'elle sortait de l'imagination des compositeurs. En somme, que tout était spontané.

— Quand tu écris un article, l'idée que tu veux publier est spontanée, comme tu dis, mais pour la communiquer tu dois suivre les règles de sémantique, de grammaire et des usages de la langue sinon ton message deviendrait incompréhensible, un chaos en quelque sorte. Pour la musique c'est exactement la même chose, la création intuitive du compositeur s'appuie sur des règles de mathématique et d'harmonie pour pouvoir toucher et faire vibrer les auditeurs. Il y a des mélomanes qui affirment que Bach n'est que mathématique et cela rejoindrait la pensée de certains qui pensent que la mathématique est l'origine du Tout.

— C'est de cette manière que l'on peut expliquer comment Beethoven a pu composer ses symphonies malgré sa surdité, expliqua Crystia, il construisait, avec son génie imparable, la musique qu'il écrivait en respectant les règles de cohérence, de rythme et d'équilibre.

— Mozart, par contre, dans son jeune âge, improvisait spontanément car ses parents musiciens l'avaient nourri aux règles de l'harmonie dès sa naissance et même avant. En effet, des études sérieuses prouvent la sensibilité à la musique des fœtus dans leur cocon maternel, continua Alma-Kala.

— Comment sais-tu tout cela ? s'exclama Myke avec un sifflement admiratif.

La bibliothèque sourit, Alma-Kala.

— Joue-nous encore quelque chose, implora Tara.

Sans un mot, Alma se remit au piano.

Les condamnés étaient tellement fascinés qu'ils ne pensèrent plus à demander l'auteur du morceau ; cela n'avait plus d'importance. Les notes les transportaient dans un endroit magique où il était délicieux de s'installer. Le regard encore voilé, Kala reposa ses mains sur les genoux.

Gabri sentit le besoin de partager un souvenir resurgi durant la mélodie du pianiste :

— Tous les peuples que j'ai côtoyés durant mon périple jouaient de la musique mais, je me souviens plus particulièrement d'une émotion intense, quand, perdu dans une forêt vierge, j'ai entendu un concert étrange et bouleversant sans pouvoir deviner de quel instrument il s'agissait. Intrigué, je suivis ce serpent de sons pour aboutir sur la berge d'un fleuve. Sur une roche luisante et plate, une montagne de linge multicolore, gorgée d'eau, montait la garde. Des femmes grandes et minces, à la peau couleur d'ébène tapaient sur l'eau devenue la membrane résonnante de tam-tams et c'est la position de leurs mains qui transformaient les sonorités. Les unes effleuraient à peine l'eau, d'autres la brassaient avec des mouvements amples et arrondis et d'autres encore percutaient de leurs mains rigides le plan d'eau avec une énergie peu commune. Leur beauté égalait la magie de leur musique. Plongées dans les vibrations de leur concert, elles ne m'aperçurent pas et me laissèrent vivre intensément cet émerveillement appuyé contre un baobab hospitalier.

— C'était un Agapè ? demanda Crystia.

— Oui, cette émotion extraordinaire s'est installée définitivement dans mon cœur et il me suffit de fermer les yeux pour rejoindre cet endroit et revivre ce moment intense.

— Ce n'est pas comparable, tu ne peux retrouver ces émotions et les effets d'une telle expérience, s'étonna Nabu.

— Tu te trompes, intervint Crystia, il a été démontré scientifiquement dans des laboratoires super équipés que l'image d'une situation a le même impact sur le cerveau que l'action elle-même.

— C'est passionnant, s'enthousiasma Nabu, et cela ouvre d'immenses possibilités à toutes les personnes qui sont enfermées comme nous !

— Et, également, pour les individus qui sont emprisonnés dans leur corps comme les paralysés, ajouta Crystia. À travers les images de mouvements spécifiques, régulièrement répétés, il est possible de reconnecter de nouveaux circuits neuronaux qui se substituent aux neurones qui ont été endommagés par un accident cérébral. Apercevant le regard désorienté de Geb, Crystia lui fit le cadeau d'un exemple moins scientifique :

— Si ton bras droit était paralysé, tu pourrais le rééduquer grâce à la récupération mentale de tes muscles en remémorisant les mouvements de bécher, de sarcler ton jardin. Après une représentation régulière de ces mouvements, tu découvrirais qu'un mouvement réel commence à accompagner imperceptiblement ton image mentale jusqu'à devenir de plus en plus efficace.

— Tu m'éclaires sur la raison pour laquelle mon père a recommencé à marcher grâce à cette kinésithérapeute qui l'encourageait à s'imaginer se promenant dans ses lieux favoris.

— Comme l'éveil de nouvelles parties du cerveau est démontré grâce à la puissance mentale, ne serait-il pas envisageable de penser que la lévitation existe grâce à des connexions qui sont encore, pour le moment, ignorées par la science ? Il est reconnu que nous n'utilisons qu'un faible pourcentage des capacités de notre cerveau, intervint Nabu.

— C'est probable et, à mon avis, tout à fait possible, étant donné que les personnes qui lévitent sont des personnes reconnues pour leurs facultés de méditation intense, engendrant, ainsi, la stimulation de nouvelles zones de leur cerveau, encore ignorées par la science actuelle.

— La musique peut-elle influencer le comportement ? s'intéressa Alma-Kala.

— Plusieurs études ont démontré que la musique influence non seulement les comportements des hommes mais aussi ceux des animaux et des plantes, déclara Crystia.

— Alors, je pourrais mettre de la musique dans mon potager ? s'étonna Geb.

— Oui, mais tu dois y mettre des sonorités harmonieuses car une musique agressive les tuerait !

— La musique peut-elle influencer, aussi, la santé des humains ? demanda Jemaya.

— Les anciens en étaient persuadés et moi, personnellement, j'y crois car la maladie est une conséquence d'un désordre des cellules. Elles peuvent être en partie réharmonisées par la musique. Bien sûr, cela ne peut être qu'en soutien aux autres thérapies médicales qui font, continuellement, leurs preuves grâce aux découvertes constantes des chercheurs, expliqua Crystia.

— Alors, ma musique peut devenir un projet pour améliorer la qualité de vie comme c'est le cas pour tous les vôtres ! s'enthousiasma Alma-Kala.

— Si la musique est source de vie et de santé que penses-tu du silence ? demanda Nabu.

— Les silences sont une partie essentielle de la musique : sans eux, elle devient cacophonique, chaotique, assourdissante et destructive. C'est comme une respiration sans pauses, une vie frénétique sans repos. Ces déséquilibres peuvent provoquer des états de mal-être qui peuvent devenir irréversibles.

— Tu n'y vas pas un peu fort ? s'exclama Tara.

— Non, il a raison, le soutint Crystia. Certaines musiques ont des effets insoupçonnés sur l'organisme. Elles peuvent provoquer un dérèglement des battements du cœur, un état d'angoisse qui inhibe l'activité du cerveau ou encore une diminution de l'apport d'oxygène due à une accélération désordonnée de la respiration.

— Non seulement, je considère que le silence est l'oxygène des mots, mais il est également le souffle vital des pensées, de la créativité… de la vie, intervint Gabri.

— Dans mon village, les gens disaient que les silencieux étaient bêtes, ignorants et même un peu fêlés, barbota Geb.

— Que veux-tu dire par « fêlé » ? interrogea Tara qui voyait déjà un vase brisé dans sa tête.

— Sa tête cassée, tiens, expliqua Geb avec un haussement d'épaules. Cela lui paraissait tellement évident.

— Dans ma bande on détestait le silence, ajouta Myke, il y avait toujours un gars qui remplissait immédiatement les vides avec du « n'importe quoi ».

Crystia, le visage soudainement durci, se dévoila :

— Dans mon enfance, j'ai vécu un silence insupportable. Ma mère était capable de ne pas parler une semaine entière quand on avait le malheur de la contredire. Même mon père craignait plus que tout son enfermement dans ce silence insupportable et acceptait tout et n'importe quoi, pour ne pas devoir le subir. Cette bouderie, cette façon d'effacer l'autre pour le punir, a plombé toutes ces années en famille.

— C'est vrai que j'utilisais régulièrement ce genre de silence pour faire fléchir les récalcitrants de ma secte et ce comportement se révélait d'une efficacité redoutable, renchérit Tara.

— Crystia et Tara ont décrit parfaitement le silence violent de la manipulation utilisé comme arme pour pousser un individu à faire ou dire quelque chose de contraire à sa volonté. Myke nous a exprimé cette habitude de nombreuses personnes qui parlent pour ne rien dire car elles craignent le vide qui correspond, trop souvent, à un vide intérieur, mais, ce même bavardage peut également camoufler leurs peurs d'assumer leurs idées et leurs croyances ; la crainte de déplaire les pousse à s'installer dans un verbiage insipide.

— Si j'ai bien compris, le silence a, pour toi, une tout autre dimension… Il semble être essentiel à l'équilibre de la Vie, fit Nabu.

— Tu as raison, je suis un « épicurien du silence », il est la clé de mon monde intérieur. Avez-vous pensé à d'autres silences ? se fit poète Gabri.

Il y a,
Le silence ouaté d'une couverture de neige au réveil.
Le silence impressionnant de la tempête qui s'évanouit.
Le silence secret de la nature qui renaît.
Le silence fracassant de la nuit dans un désert.

Il y a aussi :
Le silence désespéré d'une vie brisée.
Le silence geôlier des larmes emprisonnées.
Le silence sidéré d'un cœur gonflé de chagrins.

Le silence craintif qui n'ose s'opposer.

Il y a également :
Le silence panorama de la mélancolie.
Le silence dépouillé de la création.
Le silence fécond de la solitude.
Le silence abandonné de la méditation.
Le silence magique du début de l'infini…

Geb qui craignait que le poète s'éternise dans sa litanie lança :

— Pour moi, le silence et la solitude c'est du vide !

— Le vide permet l'abondance d'un remplissage audacieux. C'est en acceptant le dépouillement qu'il est possible de le combler de renouveau. C'est le vide et le silence de votre espace qui vous a permis de retrouver au plus profond de votre être votre grandeur et accéder à l'essence de vos projets.

— Oui, mais nous avions, également, besoin de la richesse des réunions et de la bibliothèque pour faire remonter ces ressources à nos consciences, affirma Crystia.

— La création a besoin de l'alternance du vide et du plein comme l'alternance de la respiration, du jour et de la nuit, des notes sombres et des sons aigus. Vous étiez seuls dans votre espace mais vous aviez besoin d'être ensemble pendant les réunions, vous aviez besoin du vide compensé par l'abondance de la bibliothèque, vous aviez besoin du silence pour assimiler les idées de nos discussions. Tout cela confirme notre découverte des phases de la respiration dans le projet de Jemaya. Trop de vide engendre la dépression par « non-mouvement » et trop de mouvements chaotiques entretiennent un mal-être de dépression identique par manque de pause qui empêche l'activité d'être intégrée.

— Comme pour le trop ou le manque de la nourriture ? dit Geb.

— En quelque sorte, sourit Gabri, satisfait de cet amalgame de plus en plus intense des connaissances de chacun.

— Tu me donnes l'occasion de te poser une question qui me trotte dans la tête depuis un bon bout de temps. Je voudrais en savoir plus sur ces ermites qui se plongent dans le silence et la solitude toute leur vie sans se permettre cette alternance qui t'est si chère, demanda Nabu.

— Qu'est-ce que tu racontes, coupa Geb, Gabri n'a jamais parlé de termites !

Crystia, émue, resta pensive face à tant de spontanéité naïve. Les autres éclatèrent de rire mais, en réalité, furent bien contents d'avoir plus d'éclairage sur ce sujet inconnu de la plupart d'entre eux. Seuls Alma-Kala et Tara connaissaient cette contrainte de l'isolement et du silence. Tara avait creusé ce mystère pour développer des outils intéressants pour mieux isoler ses adeptes. La solitude et le silence avaient été une arme puissante pour anesthésier le cerveau de ses disciples et pouvoir ainsi les manipuler selon son plan diabolique. C'est en partageant son point de vue avec le groupe qu'elle réalisa à quel point elle avait nié leurs personnalités avant de leur enlever la vie. Atterrée, elle se posa la question de savoir laquelle des deux morts avaient été la plus criminelle.

Gabri lui permit de remonter à la surface du présent en répondant à Nabu :

— Vous avez sûrement entendu parler de toutes ces personnes à la recherche de leur véritable identité qui s'isolent pour pouvoir se retrouver. Ces retraites, basées sur l'isolement et le silence, existent dans de nombreuses religions et philosophies depuis la nuit des temps. Cet isolement perdure difficilement car il lui manque l'énergie du mouvement, de l'échange, de la différence. Les ermites considéraient que le vecteur de la prière étaient leur mouvement de partage mais si certains pouvaient se contenter de cette faculté, d'autres périssaient psychologiquement car incapables d'utiliser à forte dose ce canal. C'est la raison pour laquelle de nombreux couvents, d'Ashram et d'autres lieux d'isolement, se sont de plus en plus ouverts à des échanges de spiritualité en proposant des retraites, des accueils de pèlerins, des maisons d'hôtes.

— Je voudrais mieux comprendre comment un homme peut choisir de s'isoler du monde. Tu ne trouves pas que cela ressemble à une fuite de la réalité assortie d'une belle dose d'égocentrisme ou de paresse ? intervint Myke.

— Je t'avoue que j'ai eu cette pensée en observant Sanmo perché des jours entiers sur son rocher neigeux. Je n'ai aucune réponse convaincante sur le sujet mais, je peux juste t'affirmer qu'il m'a permis de me reconnecter à moi-même, d'évoluer et d'accueillir ces mouvements de changement et de partage nés durant cet isolement. Je ne sais si c'était son but mais cela a été la conséquence certaine de son choix déconcertant. Et voilà… c'est aussi grâce à lui que je suis ici avec vous aujourd'hui, voulut conclure Gabri.

— Ah non, tu ne vas pas t'en tirer comme cela ! Nous voulons en savoir plus sur ce que tu as vécu ici ! Et si tu nous ouvrais la huitième porte en nous révélant ton projet de vie que nous incarnons ici ? s'exclama Nabu.

— Comment nous as-tu choisis ? questionna Tara.

— Et pourquoi nous, si différents les uns des autres ? insista Jemaya.

Gabri s'installa dans une bulle de recueillement. Les prisonniers immobiles respectaient, impressionnés, cet instant qu'ils devinaient sacré. Gabri se préparait à construire le puzzle avec tous les morceaux de son projet et de leurs parcours.

— Chacun de vous représente un des 7 centres principaux d'énergie de l'individu, une des 7 étapes de l'ascension pour arriver au sommet de « L'Être libéré ». Pour pouvoir atteindre l'épanouissement, nous devons tous partir de la base et remonter les 7 réservoirs d'énergie vitale correspondant aux chakras pour les Orientaux et aux plexus endocriniens pour les Occidentaux.

— Tu parles de l'échelle à 7 échelons que j'ai demandée au début de cette aventure ? intervint Geb.

— Sans en être conscient, à ce moment-là, tu pressentais ce besoin de monter les 7 échelons avec tes compagnons de route.

Gabri les regarda intensément en s'adressant à chacun d'eux :

— Toi, Geb, tu représentes le premier centre : l'énergie de l'enracinement de l'être dans la matérialité qui le nourrit tout au long de sa vie physique et psychique. Je t'ai choisi car, à la place d'utiliser et de mettre en valeur tes richesses, tu as volé celles des autres. En sarclant la terre, tu as redécouvert l'importance de tes origines et en regardant tes plantes grandir tu as compris l'importance des racines que tu as soignées, nourries et protégées pour leur permettre de prodiguer leurs fruits. Tu représentes la base, le premier échelon de l'échelle qui va permettre à tes compagnons de route de monter les gradins suivants. Ce retour à la réalité de la terre, de l'ici et du maintenant, est le socle essentiel pour vous tous.

Geb se redressa et regarda ses compagnons comme le félin protège ses petits.

— Toi, Jemaya, tu représentes le deuxième centre : le cerveau émotif. L'émotion est un mouvement d'énergie qui véhicule les richesses des racines vers les niveaux supérieurs. Les maltraitances subies avaient construit un barrage inébranlable qui empêchait la fluidité de tes émotions de circuler. Bloquée sur le deuxième échelon, tu étais dans l'impossibilité de gravir les échelons supérieurs. Grâce à la danse de la respiration, tu as laissé couler la grâce de la souplesse qui te permet d'accéder aux échelons suivants façonnés par tes compagnons.

— Toi, Myke, tu représentes le troisième centre : le plexus solaire. Tu avais refusé cette puissante énergie du courage par peur d'assumer tes choix et tu avais renoncé, de ce fait, à exister par toi-même. En étouffant l'étape du pouvoir et de la volonté, tu étais resté paralysé sur le troisième échelon sans connaître la liberté des échelons supérieurs. En construisant ton avion, tu as libéré le pouvoir de ta volonté et découvert cette force considérable, indispensable pour amorcer le moteur de ta vie et voler vers de nouvelles hauteurs.

— Toi, Crystia, tu représentes le quatrième centre : le Cœur. Pour satisfaire les exigences de ta famille, tu avais renoncé à t'aimer et, par conséquent, tu étais emprisonnée dans l'aigreur et l'intolérance. Le fil conducteur de tes recherches sur la pharmacopée des plantes t'avait permis de conserver les richesses des premiers échelons mais, malheureusement, en les utilisant pour tuer, tu avais barricadé cette étape de générosité et de sensibilité qui t'aurait permis ce partage essentiel à toute découverte scientifique. Cette dérive t'avait barré la route à la voie royale des échelons suivants. En acceptant de te libérer de cette haine, tu as déverrouillé le quatrième niveau, ce passage du milieu entre les réseaux d'énergie des trois niveaux inférieurs essentiels à l'Individu et des trois étages supérieurs indispensables à l'échange avec l'Autre et à l'exploration du monde visible et invisible.

— Toi, Nabu, tu avais gravi tous les échelons précédents mais tu avais saboté le cinquième centre de la communication non violente par tes crimes en pensant parachever la mission de ton père, ce qui était une trahison à son idéal de l'information. Ton projet t'a permis de récupérer le feu sacré de la communication pour révéler les parcours de tes compagnons et les emmener vers le haut.

— Toi, Tara, tu représentes le sixième centre de l'intuition et de la créativité représenté, souvent, en Orient, par le troisième œil. Tu avais utilisé cette inépuisable imagination pour détruire celle des autres et maintenant, tes tableaux expriment et soutiennent les messages du groupe en utilisant la voie de l'art. C'est le chemin privilégié pour faire le pont entre les cinq échelons qui les précèdent et conduire tes compagnons de route à la septième étape.

— Toi, Alma-Kala, tu représentes le septième centre : celui de la Connaissance et de la Spiritualité. Tu avais désavoué l'essence mystique de ton être pour servir le pouvoir fanatique de destruction. Tu as redécouvert par la musique ce centre qui relie les étapes précédentes au sublime. Ta vocation de spiritualité te permet d'entraîner tes compagnons, avec leur bagage de richesses amassées durant la montée des échelons, au-delà du visible.

Tara s'approcha du mur, un feutre noir à la main et fixa Gabri :

— Tu permets ?

— Bien sûr, vas-y.

Dessin de « l'homme arbre » de Marco Gaeta (marcogaeta@xeniadecorazioni.com)

Gabri, le visage rayonnant, prit le feutre et écrivit :

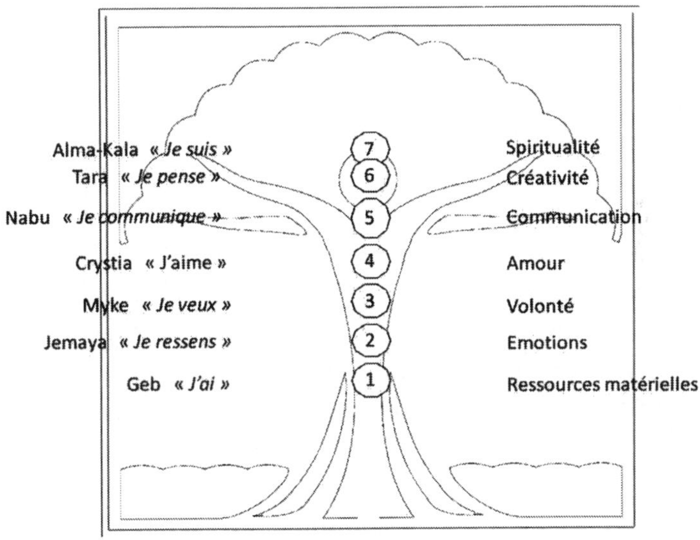

— Si j'ai bien compris, je reste en bas de l'échelle et Alma reste dans les airs ! intervint Geb, dépité.

— Non, car l'énergie de tes racines remonte les étapes pour devenir un chef-d'œuvre de Vie qui frôle le ciel et l'énergie du septième échelon de Alma-Kala doit descendre jusqu'à la terre pour pouvoir donner un corps à son être spirituel. Chacune de vos étapes, comme vous l'avez maintes fois remarqué durant vos échanges, se mélangent, se complètent et s'enrichissent mutuellement. C'est une énergie qui circule librement d'un échelon à l'autre et qui ne supporte aucun barrage. Tout au long de notre vie, nous devons contrôler ces barrières qui ont la tendance coquine à se refermer subrepticement. Chacun de nous, pour se réaliser, doit gravir et descendre tous les échelons en restant plus ou moins un temps de vie sur chacun d'eux. J'aimerais résumer cette progression par cette image de l'Homme Arbre. Observez-le attentivement : comme les racines s'ancrent profondément dans la terre nourricière, comme la substance des racines circule le long du tronc pour se démultiplier dans les branches et donner naissance à un feuillage abondant et lumineux ainsi l'Homme garde ses pieds bien ancrés dans sa réalité, enrichit cette matérialité d'émotions et de d'initiatives afin de démultiplier ces richesses vers les autres et produire, ainsi, une multitude d'œuvres pour lui et le monde… L'adage : « Les pieds ancrés par terre et la tête dans le ciel », définit le talisman de l'Homme Fini.

— Quand tu deviens poète, j'ai du mal à te suivre. Peux-tu être plus concret ? demanda Myke.

— Le blocage de ces centres d'énergie vous a conduits au meurtre et à votre condamnation à mort en empêchant l'énergie de vos racines de circuler librement jusqu'à la cime. Mon projet vous a permis de déverrouiller ces centres reniés et… chacun de vous représente une de ces sources d'énergie.

— Pour nous tout cela est très nouveau, peux-tu nous répéter ces sources ? demanda Jemaya.

— Volontiers, car comme la source renouvelle son abondance indéfiniment, cette répétition va couler en vous comme elle continue à me désaltérer chaque jour. D'un autre côté, cela me gêne un peu car j'ai l'impression de vous faire une conférence qui pourrait vous sembler pesante et ennuyeuse.

— Sois sans crainte, si tu nous ennuies on te le dira ! intervint Geb, soutenu par les autres.

— Chacun de vous représente par son parcours de vie ces différentes sources de matérialité, d'émotions, de volonté, d'amour, de communication, de créativité et de conscience d'exister.

— Donc si je comprends bien, notre personnalité, ce que nous sommes, est représenté par la clé que nous avons choisie.

— Ce n'est pas possible, intervint Myke, moi je l'ai choisie au hasard.

— Oui, mais tu as senti que c'était la tienne, lui répondit Jemaya, et donc, tu « es » cette dimension.

— Abso-lu-ment pas ! Gabri claqua ce non avec conviction : toutes ces clés représentent un aspect de votre personnalité et c'est seulement quand vous les aurez toutes intégrées que vous serez totalement libres d'Être.

— C'est énorme comme travail, et… Crystia tut la suite de sa considération sur leur condamnation à mort pour éviter de casser l'ambiance.

— Oui, c'est le travail de toute une vie et peut-être au-delà car il y a toujours une dimension à libérer et une autre à canaliser pour arriver à l'Harmonie. Je continue, comme vous, à les travailler constamment. Chaque fois que je me trouve devant un mur de découragement, d'obscurité ou d'angoisse, je me reconnecte à la base pour remonter échelon après échelon à toutes les étapes pour me ressaisir. Maintenant et ici, c'est vous qui représentez la base solide de ma vie, affirma Gabri étonné, lui-même, par sa propre conclusion.

— Comment connais-tu les dimensions à libérer ou à mettre en valeur ? demanda Nabu.

— En prenant le temps de prendre le temps, de rentrer dans son silence intérieur, toile de fond qui offre à votre être la possibilité de s'exprimer.

— Est-il nécessaire de méditer dans le silence pour se connaître ? demanda Geb, inquiet.

— Non, tu peux te retrouver par d'autres chemins comme celui de travailler la terre, de danser, de voler, d'aimer, de communiquer, de peindre ou de jouer de la musique.

— Mais tu as nommé tous nos projets !

— Oui. Vous êtes tous de rations, de cultures et de connaissances différentes mais vous avez pu constater durant toutes ces portes ouvertes que vous viviez les mêmes émotions, les exprimiez de la même façon. Vos peurs et vos espoirs vous font frères et sœurs.

— Cela reste un peu flou, difficile à comprendre, soupira Jemaya.

— Peux-tu nous donner des exemples concrets? demanda Nabu.

— Tous ces niveaux appartiennent à chacun de vous et également à vous tous : je m'explique mieux, continua Gabri, voyant le groupe perdu.

— Pour retrouver l'essence de votre vie, vous devez libérer tous ces niveaux et retrouver les dimensions des six autres. Et maintenant que vous avez découvert la communion entre vous de toutes ces énergies et cette diversité devient un tout pour compléter la liberté d'Être. Monter et descendre tous les échelons afin de libérer et nourrir tous les centres d'énergie, répéta Gabri pour s'assurer que ce message essentiel les atteigne tous.

Mais comment partager au plus grand nombre ces messages essentiels que nous avons, grâce à toi, l'opportunité de découvrir? interrogea Crystia.

— L'histoire du tableau d'or avec un échiquier de 64 carrés… intervint Tara, je vais vous la raconter :

« Il était une fois, il y a très longtemps, dans un pays lointain, un roi mélancolique qui s'ennuyait à longueur de journée. Il promit un cadeau mirifique à celui qui lui inventerait un jeu capable de le distraire. Un sage, nommé Sissa, inventa le jeu d'échecs qui le passionna. Son Altesse était tellement contente qu'il proposa à l'inventeur de choisir sa récompense. Sissa répondit qu'il désirait remplir l'échiquier de grains de riz de la manière suivante : un grain dans la première case, deux dans la seconde et continuer à procéder en doublant la quantité des grains dans chaque case. Le roi fut étonné et ravi de ce désir aussi modeste jusqu'au moment où il dut admettre, effaré, que les réserves de grains du royaume ne suffiraient pas à remplir de tonnes de grains toutes les 64 cases.

— Elle finit comment ton histoire? demanda Myke, frustré.

— Je ne sais pas car l'importance réside dans l'idée de cette multiplication qui semble infime et dérisoire au début et qui devient ensuite d'une abondance incalculable. Le message transmis par nos projets peut sembler dérisoire mais le bouche-à-oreille est susceptible de se répandre de la même façon et toucher le monde entier, s'exalta Tara.

— Ouah… comme tu y vas. Tu nous donnes l'impression de donner une valeur inestimable à nos rêves, s'illumina Myke.

— Mais ils le sont, intervint Gabri, et grâce aux vidéos de votre vécu ici, l'histoire du roi peut devenir une réalité : les grains seront remplacés par vos messages de résilience possible pour tous. Après cette dernière « porte ouverte », je vous réserve une surprise dans la salle de réunion.

— Une bonne ou une mauvaise ? demanda Nabu, inquiet.

— Un peu… beaucoup des deux, répondit Gabri en les quittant d'un pas alourdi. »

ÉPILOGUE

Avec une certaine appréhension, les prisonniers se retrouvèrent dans la bibliothèque pour connaître la « surprise ». Une grande caisse de carton au milieu d'une table les attendait. Tous fixaient, intrigués, la boîte mais Gabri jouait avec leur attente en parlant de tout et de rien, considérant leur curiosité comme un souffle de futur.

Geb, exaspéré, l'interrompit au milieu d'une phrase et n'y alla pas par quatre chemins :

— Qu'est-ce qu'il y a dans cette boîte ?

Les autres le fixèrent avec un remerciement dans les yeux.

— Tu ne nous refais pas, par hasard, le coup de la boîte de Pandore, voulut ironiser Tara pour alléger leur appréhension.

— Cela pourrait y ressembler mais heureusement la bienveillance se mélange à l'agressivité et en ouvrant la boîte vous découvrirez ces deux caractéristiques. Gabri, préoccupé, les fixa intensément avant de continuer :

— Depuis le début de votre permanence, les spectateurs de l'émission G, chaîne de télé créée spécialement pour vous suivre, vous ont adressé régulièrement de nombreuses lettres : certaines vous encouragent et d'autres vous injurient. Ayez le courage de les lire toutes, ne refermez pas la boîte sur la sortie de l'Espérance comme l'a fait Pandore !

— Pourquoi nous les avoir cachées ? s'étonna Myke.

— Ces lettres auraient pu nous aider à créer plus rapidement notre projet, reprocha Nabu.

— Cette distraction m'aurait plu et aurait coloré la solitude de mon espace, fit Tara.

— J'ai beaucoup hésité et j'eus, maintes fois, la tentation de vous les distribuer au fur et à mesure de leur arrivée mais j'ai réalisé que pour retrouver votre enfant intérieur vous aviez besoin de ce temps de solitude et de silence. Certaines lettres vous auraient ralentis ou même bloqués dans votre cheminement. Je ne voulais pas vous perturber durant l'élaboration de votre projet mais, maintenant, je vous sens assez solides pour pouvoir répondre à ces courriers, vous confronter au monde extérieur et partager avec eux ce que les caméras ne peuvent exprimer.

Les condamnés avaient l'impression que Gabri hésitait mais, en réalité, il cherchait ses mots afin de les soutenir au mieux dans cette étape critique et potentiellement éprouvante.

— Permettez-moi une dernière considération avant de vous laisser : prenez le temps de lire chaque lettre et de creuser particulièrement celles qui vous attaquent sur vos assassinats. Il est important d'accepter de connaître chaque personne qui se cache derrière ce courrier. Toute précipitation vous empêcherait de comprendre le point de vue de l'autre et de bien lire entre les lignes. Vous avez vécu des procès et donc vous connaissez parfaitement le déroulement des interventions alternées du procureur, de l'avocat de la partie civile et de l'avocat de la défense. Travailler, intérieurement, ces trois rôles afin de pouvoir mieux accepter la virulence de certains courriers et vous préparer ainsi à vous pardonner dans un premier temps et à demander aux victimes de vos délits de vous pardonner, dans un deuxième temps.

Atterrée, Jemaya s'exclama :

— Mais tu rêves ! C'est mission impossible ce que tu nous proposes.

— Tu penses bien que si ces personnes sont si agressives, elles n'ont aucune intention d'accueillir nos changements et attendent notre exécution avec impatience, appuya Alma-Kala.

— Rien qu'imaginer ces courriers, j'en ai froid dans le dos, murmura Crystia et… si on ne les lisait pas !

— Impossible. Maintenant que nous connaissons leur existence, les ignorer nous rongerait davantage que de les affronter, considéra Nabu.

— Espérons, au moins, que les courriers qui nous encouragent soient plus nombreux que les autres, conclut Geb, pragmatique.

Gabri distribua à chacun les paquets de lettres rassemblées par un ruban de la couleur de leur clé. Avant de les laisser affronter cette épreuve difficile, il leur dit simplement en les quittant :

— N'oubliez pas que je suis toujours là pour vous.

Les prisonniers se plongèrent immédiatement dans la lecture de leur courrier. Nabu, méthodique, triait ses courriers en deux piles : les positifs et les négatifs. Il lui suffisait de lire la première phrase pour deviner le ton de la missive. Geb lisait des passages à haute voix mais les autres ne commentaient pas, trop absorbés par leur lecture. Tara griffonnait des dessins sur la marge des feuilles comme si elle voulait transformer les mots en tableaux.

— Écoutez, fit Tara, j'en ai une particulièrement émouvante :

« J'ai retrouvé une partie de moi-même dans toutes vos histoires et je me rends compte à quel point j'ai eu de la chance de ne pas être cassée comme vous l'avez été. J'avais l'habitude de me plaindre de mon enfance et des travers de mes parents et, grâce à vous, je me suis réconciliée avec eux et avec les bons souvenirs de mon enfance. Vous m'avez permis de « changer de lunettes ». Merci pour votre courage et je continue à vous suivre comme si vous faisiez partie de ma famille. À bientôt. Miria. »

— Écoutez celle-ci, fit Alma-Kala : « Grâce à vous, j'ai réalisé que nous sommes tous des condamnés à mort et que chaque moment de vie, même douloureux, devient un cadeau à saisir et à utiliser. Ce message était au fond de moi mais vos parcours m'ont permis de le rendre évident et concret. »

— Et celle-ci, fit Crystia : « Votre parcours m'a permis de réaliser que si nous voulons vivre **notre** vie, il est nécessaire de retourner à l'être que nous étions avant « qu'ils » nous façonnent. Revenir à nos valeurs en remplaçant les croyances imposées qui nous détruisent par d'autres qui nous portent et nous libèrent. »

Jemaya tremblait de tout son corps.

— C'est terrible ce qu'ils me disent, aidez-moi !

Tout le groupe l'entoura et elle commença à lire en hoquetant : « Putain, vous avez tué mon fils unique, ma seule raison de vivre. Il était tellement gauche et maladroit avec les filles que je lui ai offert vos services pour lui donner confiance et lui permettre une vie normale. Vous ne lui en avez pas donné le temps. Je ne vous pardonnerai jamais et votre exécution sera pour moi le baume d'un instant. Une mère.

PS : Vous voir danser m'est intolérable, raison pour laquelle je ne regarde plus votre clip. »

— J'en ai plusieurs qui expriment, avec des mots différents, les mêmes idées, commença à lire Nabu : « Je suis absolument en désaccord avec ce projet fou. Vous êtes de dangereux délinquants et vous le resterez toujours. Tous ces projets sont du pipeau, du vernis. J'attends, avec impatience, que vous soyez exécutés afin de faire justice à toutes vos victimes. »

— Et celle-ci, lut lentement Geb en se cognant à chaque mot : « Vous êtes le Mal à éliminer, les mauvaises herbes à arracher et à brûler comme vous le faites dans votre jardin ridicule. Je continue à regarder l'émission en attendant avec impatience votre exécution. »

Glacé, le groupe se figea et chacun remit cette missive dans le contexte de leurs crimes. Ils se sentaient tous concernés car leurs victimes avaient laissé de nombreux êtres qui les aimaient et auraient eu besoin d'eux pour aimer la Vie.

Ces lettres étaient tellement lourdes que les courriers enthousiastes de leurs fans ne pouvaient en rien compenser cette effroyable reprise de conscience. Anéantis, ils étaient catapultés dans leur passé, dans la réalité de leurs crimes et de leur condamnation à mort. Leur chemin de lumière s'éteignit d'un seul coup. Une couverture de plomb ensevelit les messages constructifs.

— Je comprends, maintenant, les raisons pour lesquelles Gabri a attendu pour nous les distribuer, nous aurions été incapables de créer notre rêve si nous en avions pris connaissance avant, pensa à haute voix Nabu.

— Il nous a permis de nous centrer sur nous-mêmes pour nous retrouver et maintenant nous sommes confrontés aux conséquences de nos crimes. Je me demande si nous sommes assez solides pour surmonter le choc de cette réalité, fit Tara.

— J'ai l'impression que tous nos projets disparaissent, explosés par cette pile de reproches, dit Kala. C'est une bombe qui dévaste tous nos espaces, conclut-il.

— Comment répondre à une telle haine ? cria presque Crystia. J'ai de nombreuses lettres qui expriment avec d'autres nuances les mêmes sentiments.

— Nous en avons tous, ajouta Tara, et je pense que nous avons besoin d'en parler avec Gabri. Car même tous ensemble nous ne réussirons pas à répondre à ces lettres, à trouver les mots et surtout les clés pour apaiser leurs colères terrifiantes.

— Pourquoi ne demanderions-nous pas à Gabri de rencontrer ces personnes d'une manière ou d'une autre ? Il me semble tout à fait impossible de leur répondre par lettre ! C'est trop énorme, observa Crystia.

— Aurons-nous encore le temps pour faire tout cela ? interrogea Myke, perplexe.

Posons la question à Gabri, proposa Nabu.

Gabri, impressionné par leur désespoir, leur promit de demander la faveur qu'ils puissent rencontrer les médias afin de pouvoir réinventer un procès nouveau au cours duquel ils seraient leurs propres avocats.

— Maintenant que vous avez découvert le secret du partage des richesses entre vous, ce serait en effet souhaitable de tenter cette même expérience avec les spectateurs de vos vidéos et pouvoir ainsi proposer aux médias une alternative à votre condamnation à mort. Chacun de vous a déjà exprimé intuitivement cette idée pendant les visites « portes ouvertes ». Malheureusement, cette décision ne m'appartient pas et vous avez pu constater que si de nombreuses personnes ont accueilli vos changements avec générosité, d'autres, peut-être plus nombreuses, réclament, haut et fort, votre exécution.

Gabri s'éloigna, le cœur gonflé d'inquiétude.

FIN DU
DEUXIÈME TOME

TABLE DES MATIÈRES

Imprimé en France
978-2-8231-2179-7
Dépôt légal : 4e trimestre 2017

Imprimé en France
FROC02n1235301117
18184FR00023B/308/P

9 782823 121797